A Morte do Rei Tsongor

Laurent Gaudé

A Morte do Rei Tsongor

Tradução
Bluma Waddington Vilar

Título original: LA MORT DU ROI TSONGOR

© Actes Sud, 2002

Direitos de edição da obra em língua portuguesa no Brasil adquiridos pela EDITORA NOVA FRONTEIRA S.A. Todos os direitos reservados. Nenhuma parte desta obra pode ser apropriada e estocada em sistema de banco de dados ou processo similar, em qualquer forma ou meio, seja eletrônico, de fotocópia, gravação etc., sem a permissão do detentor do copirraite.

EDITORA NOVA FRONTEIRA S.A.
Rua Bambina, 25 – Botafogo – 22251-050
Rio de Janeiro – RJ – Brasil
Tel.: (21) 2131-1111 – Fax: (21) 2537-2659
http://www.novafronteira.com.br
e-mail: sac@novafronteira.com.br

CIP-Brasil. Catalogação-na-fonte
Sindicato Nacional dos Editores de Livros, RJ

G237m   Gaudé, Laurent
         A morte do rei Tsongor / Laurent Gaudé ; tradução de Bluma Waddington Vilar. – Rio de Janeiro : Nova Fronteira, 2004

         Tradução de: La mort du roi Tsongor
         ISBN 85-209-1612-0

         1. Romance francês. I. Vilar, Bluma W. (Bluma Waddington Vilar de Queiroz). II. Título.

CDD 843
CDU 821.133.1-3

Para Yannis Kokkos e Anne Blancard.

Sumário

Capítulo I
    A longa noite insone do rei 9
Capítulo II
    O véu de Suba 47
Capítulo III
    A guerra 67
Capítulo IV
    O cerco de Massaba 93
Capítulo V
    A esquecida 129
Capítulo VI
    Última morada 165

Capítulo I
A longa noite insone do rei

HABITUALMENTE KATABOLONGA era o primeiro a levantar-se no palácio. Percorria os corredores vazios a passos largos. Do lado de fora, a noite ainda pesava sobre as colinas. Do quarto até a sala da banqueta de ouro, Katabolonga avançava em silêncio, sem encontrar ninguém. Apenas seu vulto leve deslizava por ali. Assim era. Cumpria discretamente sua tarefa antes do nascer do dia.

Mas naquela manhã não estava sozinho. Naquela manhã, uma agitação febril tomava os corredores. Dezenas e dezenas de operários e carregadores iam e vinham com cuidado, falando em voz baixa para não acordar ninguém. Era como um grande navio de contrabandistas a desembarcar sua carga no sigilo da noite. Todos se atarefavam silenciosamente. No palácio de Massaba, não existira noite. O trabalho não se interrompera.

Havia várias semanas, Massaba tornara-se o centro ansioso de uma atividade de formigas. O rei Tsongor ia casar a filha com o príncipe das terras do sal. Caravanas inteiras vinham das regiões mais afastadas trazendo especiarias, rebanhos e tecidos. Tinham incumbido arquitetos de ampliar a grande praça em frente ao palácio. Tinham ornado cada chafariz da cidade. Longas fileiras de mercadores chegavam com inúmeros sacos de flores. Massaba vivia num ritmo inédito em sua história. Com o passar dos dias, a população tinha crescido. Milhares de tendas aglomeravam-se ao longo da muralha limítrofe, formando imensas avenidas de tecidos multicolores nas quais se misturavam o grito das crianças que brincavam na areia e os berros do gado. Nômades tinham vindo de longe, dos mais diversos pontos, para ver Massaba, para assistir ao casamento da única filha do rei Tsongor, Samília.

Havia semanas, cada habitante de Massaba, assim como cada nômade, depositava na praça principal sua oferenda à futura esposa. Uma gigantesca pilha de flores, amuletos, sacos de cereais, jarras de vinho, tecidos e estatuetas sagradas avolumava-se ali. Cada um queria oferecer à filha de Tsongor uma prova de admiração e pedir que fosse abençoada em seu matrimônio.

Naquela noite, os serviçais do palácio tinham sido encarregados de esvaziar a esplanada recolhendo todas as dádivas. Nada devia restar. O velho rei de Massaba queria a praça enfeitada e resplendente. Atapetada de rosas. Com a guarda de honra, em traje de gala, devidamente posicionada. O príncipe Kuam enviaria embaixadores para depositar aos pés do rei os presentes por ele oferecidos. Assim começaria a cerimônia nupcial, pelo dia dos presentes. Tudo devia estar pronto.

Os serviçais do palácio passaram a noite transferindo a montanha de oferendas da praça para as salas do palácio. Transportavam centenas de sacos, de flores e jóias. Procurando não fazer barulho, dispunham, o mais harmoniosamente possível, os amuletos, as estatuetas e as tapeçarias nos diferentes aposentos palacianos. A praça precisava ficar vazia; o palácio, repleto dos sinais de afeição do povo. A princesa Samília deveria despertar num lugar cheio de aromas e cores. Para isso trabalhavam silenciosamente as longas fileiras de carregadores. Precisavam terminar a tarefa antes de a princesa e seu séquito estarem de pé. O tempo urgia: já tinham deparado com Katabolonga, que alguns reconheceram. Se Katabolonga já tinha levantado, então o dia não tardaria a amanhecer e o rei a acordar. E quanto mais Katabolonga avançava pelos corredores do palácio, quanto mais se aproximava da sala da banqueta de ouro, mais a agitação crescia e os criados se apressavam.

Nenhuma ansiedade acometia Katabolonga. Ele andava lentamente como de costume. No ritmo calmo de sempre. Não precisava ter pressa, sabia bem. Não amanheceria tão rápido. Como acontecia todos os dias havia anos, estaria pronto, sentado à cabeceira do rei, quando este abrisse os olhos. Era apenas a primeira vez (e decerto também a última) que topava com tantos homens durante sua caminhada noturna e que o ruído de seus passos se acompanhava de tantos murmúrios.

Mas, quando entrou na sala da banqueta de ouro, bruscamente se deteve. A aragem que roçava seu rosto sussurrava algo incompreensível. Ao abrir a porta, pareceu-lhe, por um instante, que tudo iria acabar. Recobrou-se logo da impressão. Atravessou a sala para pegar a banqueta de ouro e, mal apanhou a relíquia, teve de largá-la. Um tremor percorreu-lhe os braços anunciando novamente o fim de tudo. Mas dessa vez o sentimento cresceu nele. Sensação crescente e angustiante. Então soube: naquele dia tudo acabaria. Ele mataria o rei. E supunha ter escapado à data fatídica. Era o último dia em que o rei acordaria, em que o selvagem Katabolonga o seguiria de sala em sala, atento ao menor cansaço de Tsongor, a cada suspiro seu, cumprindo a mais honorífica das tarefas. Era o último dia em que seria o portador da banqueta de ouro.

Ergueu-se, tentando calar a inquietação. Apanhou a banqueta e percorreu os corredores do palácio. Cerrava os dentes com a convicção obscura de ser aquele o dia em que mataria seu amigo, o rei Tsongor.

O DIA SERIA CURTO demais para desincumbir-se de tudo que tinha a fazer, pressentiu Tsongor ao levantar-se. Respirou profundamente. A calma não duraria até o anoitecer, adivinhava. Cumprimentou Katabolonga a seu lado. E o rosto do portador fez bem ao rei. Cumprimentou-o, mas Katabolonga não retribuiu a saudação, nem lhe apresentou o colar real como fazia a cada manhã. Apenas comunicou em voz baixa:

— Tsongor, desejo falar-te.
— Estou ouvindo — respondeu o rei.
— É hoje, meu amigo — avisou Katabolonga.

A voz do portador soou estranha, mas Tsongor nada percebeu. Simplesmente disse:

— Eu sei.

E o dia começou.

Tsongor obviamente não compreendera as palavras de Katabolonga. Seu portador lembrara apenas aquilo que ele já sabia, imaginou o rei, aquilo que não lhe saía da cabeça há vários meses, o casamento de sua filha, cujas formalidades preliminares se iniciavam naquele dia. Respondera mecanicamente. Sem pensar. Se tivesse reparado na expressão de seu velho servidor, teria notado a profunda tristeza estampada naquele rosto, como um suspiro indefinidamente prolongado. E, quem sabe, teria compreendido: Katabolonga não falava do casamento. Falava de outra coisa. Da história que unia os dois homens havia tanto tempo.

Tudo aconteceu ainda na juventude do rei Tsongor. Ele abandonou o reino do pai, sem olhar para trás, deixando o velho rei morrer em seu trono gasto. Tsongor foi embora. O pai nada queria legar ao filho, e este recusou-se a sofrer tal humilhação. Partiu cuspindo no rosto daquele velho incapaz de ceder o que quer que fosse. E nada lhe pediria. Jamais suplicaria qualquer coisa ao pai. Decidiu construir um império mais vasto que o reino a ele negado. Tinha as mãos diligentes e nervosas. Sentia um formigamento nas pernas impelindo-o a percorrer novas terras, a erguer contra elas a espada, a conquistar as regiões mais remotas. Essa era sua fome. Até no sono pronunciava o nome dos territórios que sonhava dominar. Seu rosto seria a expressão da conquista. Convocou seu exército com o corpo do pai ainda quente no túmulo e partiu em direção ao sul, firme no propósito de jamais recuar, de avançar até o limite de suas forças e desfraldar por todos os lugares o estandarte de seus antepassados.

As campanhas do rei Tsongor duraram vinte anos. Vinte anos de acampamentos, combates, avanços. Vinte anos dormindo em camas provisórias. Vinte anos consultando mapas, elaborando estratégias, atacando. Era invencível. A cada vitória, aliava os inimigos às suas tropas, oferecendo-lhes os mesmos privilégios concedidos aos seus próprios soldados. Desse modo, apesar das perdas, dos corpos mutilados e da fome, o exército do rei Tsongor não parava de crescer. O rei envelheceu montado a cavalo. De arma em punho. Casou-se a cavalo durante uma campanha. E o nascimento de cada filho seu era aclamado por uma enorme massa de homens ainda cobertos do suor da última batalha. Vinte anos de luta e de expansão até alcançarem o país dos rastejantes, as únicas terras inexploradas do continente, nos confins do mundo. Depois, não havia nada além de oceano e trevas. Os rastejantes eram um povo de selvagens que vivia em casebres de argila baixinhos. Não tinham chefe, nem exército. A nação rastejante não passava de incontáveis e esparsos aglomerados desses casebres rasteiros. Cada homem residia ali com suas mulheres, na ignorância do mundo em torno dele. Eram muito altos, magros, às vezes esqueléticos. Chamavam-se rastejantes porque, embora altíssimos, seus casebres não chegavam à altura de um cavalo. Ninguém entendia o fato de não construírem habitações proporcionais ao seu tamanho. Viver nessas condições dava-lhes uma postura encurvada. Eram um povo de gigantes que nunca se aprumavam. De homens secos que à noite andavam vergados por caminhos poeirentos, como se carregassem o céu nas costas. Em combate singular, mostravam-se os adversários mais assustadores. Encarniçados e impiedosos, exibiam toda a sua estatura ao lançar-se sobre o adversário como guepardos famintos. Mesmo desarmados, eram temíveis. Impossível fazê-los prisioneiros: enquanto lhes restasse alguma força, precipitavam-se contra o primeiro que vissem e tentavam liquidá-lo. Não era incomum rastejantes acorrentados investirem contra seu carcereiro e matarem-no a dentadas. Mordiam. Cravavam-lhe as unhas. Urravam e dançavam pisoteando o corpo do adversário até transformá-lo num mingau de carne. Eram temíveis, mas pouco resistiram ao rei Tsongor. Não conseguiram organizar-se, opor a seu avanço uma linha de frente. O rei penetrou no território dos rastejantes sem sofrer nenhum abalo. Queimou suas aldeias uma a uma. Reduziu tudo a cinzas. Do país só restou uma terra esturricada e vazia onde se ouvia na escuridão o grito dos rastejantes que lamentavam a própria sorte insultando o céu pela maldição sobre eles lançada.

Katabolonga era um deles. Um dos poucos ainda em vida quando o rei concluía sua conquista. Sua casa, como a de tantos outros, ruíra. Suas mulheres foram violentadas e assassinadas. Perdera tudo. Mas, surpreendentemente, não teve a mesma reação dos irmãos rastejantes. Não arremeteu contra o primeiro soldado que viu para arrancar-lhe o nariz com os dentes e banhar as mãos no sangue da vingança. Não. Esperou. E esperou. Até o país inteiro ser subjugado. Até o rei Tsongor instalar seu último acampamento naquele grande país vencido. Só então saiu da mata onde se escondera.

Era um dia magnífico: luminoso e calmo. Tinham cessado todos os combates. Mais nenhum soldado lutava. Nem havia mais nenhuma casa de pé. O exército todo descansava num imenso acampamento e festejava a vitória. Uns limpavam a arma, outros davam alívio aos pés. Outros conversavam e trocavam troféus.

Katabolonga apresentou-se à entrada do acampamento, nu e desarmado. Mantinha a cabeça erguida. Não tremia. Quando os soldados lhe barraram a passagem e perguntaram o que ele queria, respondeu ter vindo falar com o rei. E havia tamanha autoridade em sua voz, tamanha calma, que o levaram até Tsongor. Atravessou todo o acampamento. A travessia exigiu várias horas, dado o gigantismo daquele exército de tantos povos assimilados e reunidos no mesmo empreendimento sanguinário de conquista. Caminhava sob o sol, altivamente. E causava estranheza ver um rastejante andar daquele modo — sereno, determinado, cheio de brio. Havia tamanha beleza na sua marcha, que os soldados o seguiam numa espécie de cortejo. Queriam saber o que o selvagem desejava, o que lhe aconteceria. O rei Tsongor enxergou ao longe uma nuvem de poeira. Distinguiu uma figura alta a dominar uma multidão de soldados alegres e curiosos. Parou de comer e levantou-se. Quando o selvagem foi trazido a sua presença, contemplou-o longamente, sem dizer uma palavra.

— Quem és tu? — perguntou afinal àquele homem capaz de precipitar-se sobre ele a qualquer momento e dilacerá-lo a dentadas.

— Meu nome é Katabolonga. — Fez-se um profundo silêncio no exército apinhado ao redor da tenda do rei. Os homens ficaram impressionados com a bela voz do selvagem. Com a fluidez das palavras saídas de sua boca. Ele estava nu. Tinha o cabelo desgrenhado e os olhos vermelhos de tanto sol. Ao lado dele, o rei Tsongor parecia uma criança raquítica.

— O que queres? — indagou o soberano.

Katabolonga não respondeu. Como se não tivesse ouvido a pergunta. Transcorreu um tempo interminável durante o qual os dois homens não tiraram os olhos um do outro. Então o selvagem falou.

— Sou Katabolonga e não respondo a tuas perguntas. Falo quando quero. Vim para te ver. E dizer-te, diante de todos os teus reunidos, o que precisa ser dito. Destruíste minha casa. Mataste minhas mulheres. Teus cavalos pisotearam minhas terras. Teus homens respiraram meu ar e transformaram os meus em animais em fuga, que disputam comida com os macacos. Vieste de longe. E queimaste tudo o que era meu. Sou Katabolonga. Ninguém queima o que possuo sem perder a vida. Aqui estou. Diante de ti. No meio de todos os teus homens reunidos. Quero dizer-te isto. Sou Katabolonga e vou te matar. Por minha casa destruída, por minhas mulheres assassinadas, por meu país queimado, tua morte pertence a mim.

No acampamento, não se ouvia um ruído. Nenhum tinido de armas. Nenhum murmúrio. Todos aguardavam uma decisão do rei. Estavam prontos a atirar-se sobre o selvagem ao menor sinal do soberano. Mas Tsongor permanecia imóvel. Tudo lhe vinha à mente outra vez. Vinte anos de desgosto de si mesmo acumulados. Vinte anos de guerras e massacres a atormentá-lo. Olhava para o homem diante dele com atenção. Com respeito. Quase com benevolência.

— Sou o rei Tsongor — disse. — Minhas terras não têm limites. Comparado ao meu, o reino de meus pais era um grão de areia. Sou o rei Tsongor. Envelheci sobre um cavalo. Empunhando uma arma. Há vinte anos luto sem parar. Há vinte anos subjugo povos que antes ignoravam meu nome. Atravessei a terra inteira e dela fiz meu quintal. És o último inimigo do último país. Podia matar-te e fincar tua cabeça na ponta de uma lança, para todos saberem que agora reino num continente inteiro. Mas não o farei. O tempo das batalhas acabou. Não quero mais ser um rei guerreiro e sanguinário. Resta-me governar o império por mim construído. Começarei com tua ajuda, Katabolonga. És meu último inimigo e peço-te que aceites permanecer a meu lado. Sou o rei Tsongor e convido-te a ser o portador de minha banqueta de ouro, aonde quer que eu vá.

Dessa vez, um rumor intenso percorreu as tropas. Repetiam as frases do rei aos que não puderam ouvi-las. Tentavam compreender, mas o selvagem novamente se pronunciou.

— Sou Katabolonga e não volto atrás no que disse. Não retiro uma só palavra. Já sabes: vou te matar.

O rei contraiu os lábios. Não tinha medo do selvagem, mas sentia-se fracassar. Sem saber por quê, parecia-lhe imprescindível convencer aquele ser esquelético. Sua paz dependia disso.

— Não te peço para retirar o que disseste — respondeu. — Diante de todo o meu exército, faço-te a seguinte proposta: minha morte pertence a ti, afirmo-o e proponho que sejas o portador de minha banqueta de ouro nos próximos anos. Terás de acompanhar-me aonde eu for. Ficarás sempre a meu lado e velarás por mim. Quando decidires retomar o que é teu, quando quiseres tua vingança, não resistirei. Matarás a Tsongor, quando bem entenderes. Amanhã. Em um ano. No último dia de tua vida, quando estiveres velho e cansado. Não me defenderei. E ninguém porá a mão em ti. Ninguém poderá acusar-te de assassino. Pois minha morte pertence a ti. E só terás retomado o que te dou hoje.

Os soldados ficaram atônitos. Não queriam acreditar no que tinham ouvido. Dali em diante, pensavam incrédulos, o mais vasto dos reinos estaria nas mãos daquele selvagem, nu e impassível, no meio da multidão de armaduras e lanças. Katabolonga caminhou lentamente na direção do rei, até chegar bem perto. Era vários palmos mais alto que Tsongor. Não se mexia.

— Aceito, Tsongor. Vou servir-te, respeitosamente. Serei tua sombra. Teu portador. O guardião de teus segredos. Estarei sempre contigo. Como o mais humilde dos homens. Depois te matarei. Em memória de meu país e do que destruíste em mim.

Desde esse dia, Katabolonga foi o portador da banqueta de ouro do rei, seguindo-o por todos os lugares. Passaram-se anos. Tsongor abandonou a vida de guerras. Ergueu cidades. Criou os filhos. Construiu canais. Administrou as terras. O império prosperou. Outros anos passaram. A postura curvou-se. Os cabelos encaneceram. Governou um reino incomensurável correndo-o incessantemente para zelar pelos seus. Sempre acompanhado de Katabolonga, que o seguia como um remorso. O selvagem era a lembrança encurvada de seus anos de guerra. Cercando-o de sua presença, recordava-lhe constantemente seus crimes e o luto dos sobreviventes derrotados. Assim, Tsongor não podia esquecer tudo o que fizera em vinte anos de juventude. A guerra estava ali, naquele corpo grande e magro, sempre a acompanhá-lo sem nada dizer. Sombra que tornava iminente seu aniquilamento.

Os dois homens envelheceram juntos. Ao longo dos anos, passaram a ser como irmãos. O antigo pacto parecia esquecido. Unia-os uma amizade profunda e silenciosa.

— Eu sei — disse Tsongor. O rei não compreendera, e Katabolonga não teve ânimo de esclarecer nada. A hora talvez não tivesse chegado. Mal ouviu a resposta de Tsongor — "eu sei" —, Katabolonga baixou os olhos e tornou a submergir na habitual discrição, deixando o dia começar. Estava triste. Porém não disse mais nada. O palácio todo levantou com o rei e foi tomado por uma agitação crescente. Havia tanto a fazer, tantos detalhes a acertar. O rei casava a filha. Era o dia das primeiras cerimônias, e as mulheres do séquito corriam de um lugar para outro, apanhando as jóias ainda por limpar e os tecidos por bordar.

A cidade aguardava a chegada dos embaixadores do noivo. Os habitantes de Massaba falavam de intermináveis fileiras de homens e cavalos que viriam depositar na corte pilhas e mais pilhas de ouro, tecidos e pedras preciosas. Falavam de objetos fabulosos, de uso desconhecido, porém capazes de deixar qualquer mortal sem voz. Samília não tinha preço. Foi o que Tsongor disse a Kuam, rei das terras do sal. E este decidiu vir depor aos pés da noiva todas as suas posses.

Oferecia-lhe tudo. Seu reino, seu nome. A ela pretendia apresentar-se tão pobre quanto um escravo. Consciente que a vastidão de suas riquezas nada comprava. Consciente de estar só, sem qualquer afetação, sem artifícios, diante daquela mulher. Falavam de um reino inteiro a ser despejado nas ruas da cidade. As riquezas de todo um povo iriam amontoar-se no pátio do palácio, diante do rosto impassível do rei Tsongor.

Era o dia dos presentes. As ruas de Massaba tinham sido limpas. Por todo o percurso a ser feito pelo cortejo, o chão foi recoberto de rosas. Panos tecidos com fios de ouro decoravam as janelas. Todos esperavam despontar o primeiro cavaleiro da infindável procissão do reino do sal. Os olhos da cidade toda vigiavam a poeira da planície ao sul. Cada um queria ser o primeiro a avistar os vultos longínquos dos cavaleiros do cortejo.

Ninguém notou os homens postados nas colinas do norte, o acampamento ali erguido, os cavalos ali descansando. Ninguém notou aqueles homens observando imóveis a cidade em seus últimos preparativos. Mas ali estavam. Nas colinas do norte. Numa funesta imobilidade.

O dia declinava suavemente. A luz do sol tornava-se ocre. As andorinhas descreviam no céu grandes arcos e desciam infinitas vezes às praças e chafarizes. A cidade fazia silêncio. A principal artéria estava deserta, à espera do trote dos cavalos estrangeiros.

Então os sentinelas de Massaba viram as colinas do norte incendiarem-se todas ao mesmo tempo. Os cumes pegaram fogo. Os habitantes ficaram abismados. Não tinham percebido nenhuma agitação durante o dia. Ninguém tinha visto homens empilhando lenha para aquelas fogueiras. Todos vigiavam a estrada. E, contrariando qualquer expectativa, as colinas iluminaram-se de festivas labaredas. O rei Tsongor e todos os seus instalaram-se no terraço do palácio real para apreciar o espetáculo. Nada mais ocorreu, entretanto. Nada além do vôo circunflexo das andorinhas e do balé das cinzas no ar quente do crepúsculo. Nada, até os cães do guardião da porta oeste começarem a ladrar. O silêncio na cidade era tal, que se podia ouvir o latido dos cães do terraço palaciano às ruas mais estreitas de Massaba. Os cães da porta oeste latiam. Isso significava a presença de um estrangeiro ali. Em cada porta da cidade, havia um homem coberto de amuletos, com guizos nos punhos e nos tornozelos, um rabo de boi na mão esquerda e, na direita, uma correia à qual se prendiam as coleiras de doze cães. Eram os guardiões da matilha. Tinham a incumbência de afastar os maus espíritos e os ladrões. A matilha da porta oeste ladrava, e o rei, a princesa, a corte, a população de Massaba, todos se perguntavam por que os embaixadores preferiram entrar por essa porta, quando a porta sul tinha sido preparada para recebê-los. Era um contratempo tolo. Irritado e impaciente, o rei Tsongor levantou-se de onde estava sentado. Seu terraço dominava a cidade inteira. A artéria principal ficava bem em frente. Não despregava os olhos da avenida, esperando ver o cortejo com os presentes aproximar-se. Mas deparou-se-lhe algo diferente. No meio da avenida, um homem vinha sozinho, na lenta cadência do camelo que montava. Animal e cavaleiro oscilavam como um barco em ondas mansas. Evoluíam com a displicência mole, a languidez típica das caravanas do deserto. Em vez do cortejo, um único homem entrava nas ruas de Massaba. O rei aguardava, temendo não sabia bem o quê. As coisas, pensou, não corriam como deviam. O cavaleiro recém-chegado solicitou uma audiência com o rei e apenas com ele. Outra surpresa, pois era costume oferecer os presentes à vista de todos. Diante da futura esposa e de sua família reunida. A despeito disso, o rei atendeu à inesperada exigência e, acompanhado tão-somente de Katabolonga, recebeu o visitante na sala do trono.

Apareceu-lhe um homem alto, vestido com tecidos nobres, porém de cores escuras. Usava mais amuletos que jóias. Nenhum anel ou colar, mas uma corrente em torno do pescoço com pequenos pingentes em forma de caixa nos quais havia talismãs. Um véu cobria-lhe o rosto. Ao entrar na sala, contudo, em deferência ao rei, curvou-se apoiando um dos joelhos no chão e, com a cabeça ainda abaixada em sinal de respeito, retirou o véu para não dissimular por mais tempo a fisionomia. O rei Tsongor teve uma sensação estranha ao contemplar os traços do viajante. Havia nele algo familiar. O desconhecido levantou os olhos e sorriu ao rei. Um sorriso afetuoso. Permaneceu calado ainda algum tempo, como para que o outro se habituasse a sua presença, depois falou:

— Rei Tsongor, que os deuses abençoem teus antepassados e que sintas na face seu suave beijo. Não me reconheces, bem vejo. E não me espanta. O tempo tratou de mudar meus traços. Vincou-me a face. Permite que te diga quem sou e que venha beijar tua mão. Sou Sango Kerim, e ao menos meu nome o tempo não deve ter apagado de tua memória.

O rei ergueu-se num salto. Não podia acreditar. Ali estava Sango Kerim. Sentiu uma alegria incontrolável. Correu a abraçar o hóspede. Sango Kerim. Como não o reconhecera? Não passava de uma criança quando foi embora. E a ele acabara de apresentar-se um homem. Sango Kerim, a quem o rei sempre mimara como um filho. O companheiro de brincadeiras de seus quatro herdeiros, criado com eles até os quinze anos. Com essa idade, Sango pediu ao rei permissão para partir. Queria correr o mundo, tornar-se aquilo que lhe reservara o destino. A contragosto, Tsongor assentiu. Passaram-se anos. Como Sango não voltou, esqueceram-no. Ali estava ele agora. Elegante. Altivo. Um verdadeiro príncipe nômade.

— Que alegria ver-te hoje aqui — exclamou o rei. — Deixa-me olhar para ti, abraçar-te. Estás com uma aparência robusta. Que alegria reencontrar-te justo hoje! Samília casa-se amanhã, sabias?

— Eu sei, Tsongor.

— Por isso voltaste, não? Nesse exato dia, para ser dos nossos.

— Vim por Samília, sim.

Sango Kerim respondera secamente. Recuou um passo e, mantendo-se ereto, olhou nos olhos do rei Tsongor. Redescobriu o rosto do velho homem a ele tão caro. Procurou conter a emoção. Precisava ser firme e dizer o que viera dizer. Havia algo errado, percebeu o rei. Seria um longo dia, pressentiu, e subiu-lhe um frio pela espinha.

— Queria ter tempo, Tsongor, para entregar-me à alegria de estar outra vez em teu palácio. Queria ter tempo para redescobrir os rostos conhecidos. Daqueles que me criaram. Daqueles com quem brincava. O tempo agiu sobre todos nós. Adoraria comer à mesma mesa que a família, como antigamente. Andar pela cidade. Pois ela também mudou. Mas não vim para isso. Fico feliz por te lembrares de mim e por te lembrares com alegria. É verdade, voltei por Samília. Como também foi por ela que há tantos anos parti. Queria conhecer o mundo. Acumular riquezas e sabedoria. Queria tornar-me digno de tua filha. Hoje retornei, porque minha errância acabou. Retornei porque ela é minha.

O rei Tsongor ouvia incrédulo. Quase teve vontade de rir.

— Mas Sango... não entendeste... Samília... Samília casa-se amanhã... Viste à tua volta... É o dia dos presentes. Amanhã ela será a esposa de Kuam, rei das terras do sal. Lamento muito, Sango. Não fazia idéia. Que... Enfim, que esses eram teus sentimentos... Eu... sabes que te amo como a um filho... Mas isso... não...

— Não falo de meus sentimentos, Tsongor. Num dia como esse, não é mais hora de falar de sentimento. Falo de promessa. De palavra empenhada.

— O que dizes, Sango?

— Digo que conheço Samília desde a infância. Que brincamos juntos. Que a amei. Parti por causa dela. E volto por ela. Fizemos um juramento. Um juramento que nos une. E que trouxe comigo durante todos esses anos de errância.

Sango Kerim abriu um dos amuletos presos ao pescoço e dele retirou um velho papel. Desdobrou-o e estendeu-o ao rei. Tsongor leu. Impassível.

— Não passam de juras de criança. Coisas ditas, Sango, naquela época. Os dois viviam outra vida.

— Tua filha prometeu, Tsongor. E voltei a tempo de chamá-la a cumprir seu juramento. Farás Samília quebrar essa promessa? Queres transformá-la numa mulher sem palavra?

O rei levantou, mal controlando a raiva provocada pela obstinação e pelo atrevimento de Sango Kerim. Como ousava aquele insolente dizer-lhe tais coisas? Exigir o que exigia? Tsongor amaldiçoava aquele dia por não transcorrer da forma devida.

— O que queres de mim? — indagou rispidamente.

— Tua filha.

— Ela se casa amanhã. Já te disse.

— Ela se casa amanhã. Comigo.

O rei continuou de pé. Estudava aquele homem jovem e arrogante.

— Vieste de longe, Sango Kerim, para me trazer aflição e fúria nesse dia de felicidade. Muito bem. Peço-te uma noite de reflexão. Amanhã, ainda nas primeiras horas do dia, terás minha resposta. Amanhã todos saberão quem se casa com minha filha. E àquele que não for escolhido restará apenas desaparecer ou chorar diante de minha fúria.

Sango Kerim foi embora. O fogo continuava a arder nas colinas do norte. Parecia não querer extinguir-se. Com uma expressão indecifrável, o rei Tsongor observava aquelas imensas tochas dançarem na luz declinante da tarde. Antes da visita do nômade, chegou a pensar que os embaixadores de Kuam se tinham instalado no alto das colinas, para preparar sua entrada na cidade. Quando Sango Kerim se apresentou ao rei, este esperava receber dele presentes destinados à Samília e aquela homenagem flamejante. Agora sabia o significado das tochas: sobre cada uma das colinas, estava acampado um exército, à espera de sua resposta. Aquelas línguas de fogo ao longe advertiam-no da desgraça prestes a recair sobre ele e sobre Massaba. "Veja, Tsongor, como devoramos o cimo das colinas de teu reino. Podemos fazer o mesmo com tua cidade e tua alegria. Não esqueças o fogo das colinas. Não esqueças que teu reino pode queimar como um simples pedaço de pau."

Quando Samília apareceu diante do rei, nem precisou perguntar por que a tinha chamado. Mal pôs os olhos no pai, já percebeu tratar-se de algum fato grave. Fitou-o um tempo e, como ele insistia em admirar o vôo das andorinhas e as labaredas no horizonte, disse-lhe num tom sério:

— Tua filha te escuta.

Tsongor virou-se. Olhou a filha. Tudo o que empreendera nos últimos meses fora para as bodas de Samília. O dia do casamento tornara-se sua obsessão como rei e pai. Tudo precisava estar pronto. Tinha de ser a mais bela festa já vista pelo império. Para isso empenhara-se incansavelmente. Sonhava dar à filha um esposo e, pela primeira vez, unir seu império a outro sem guerra, sem conquista. Pensara em cada detalhe da festa. Passara noites em claro. Chegou afinal o dia, e um acontecimento imprevisto pôs tudo em xeque. Olhou a filha. O que precisava lhe perguntar, queria não ter de perguntar. Mas o fogo ardia e não podia ignorar sua voracidade.

— Recebi a visita de Sango Kerim.

— As mulheres de meu séquito me contaram.

Samília observava o pai. Não entendia a razão de seu visível tormento. Tsongor tinha escolhido Kuam, e ela aceitara a escolha. O rei falara do jovem príncipe das terras do sal com ternura e simpatia, e ela ficara feliz com a futura união. Não compreendia o que angustiava o pai àquela altura. Tudo estava pronto. Restava celebrar o casamento e apreciar a festa.

— A chegada dele deveria ter-me enchido de contentamento, Samília... — disse o rei sem completar a frase.

Houve um longo silêncio. Tsongor estava novamente absorto na contemplação das espirais que as andorinhas desenhavam no céu. De repente, recobrou-se. Olhou para a filha e perguntou desanimado:

— É verdade, Samília, que tu e Sango Kerim fizestes um ao outro uma promessa quando bem jovens?

Samília não respondeu. Tentava lembrar qualquer coisa semelhante ao que o pai lhe perguntava.

— É verdade — prosseguiu o rei — que lhe deste tua palavra, assim como ele te deu a sua, de se casarem um dia? Gravaram essas juras de criança num amuleto?

Samília pensou um tempo.

"Sim, agora me lembro", disse consigo mesma. "Lembro-me de Sango Kerim, de nossa vida de meninos. Dos segredos trocados, das promessas. É disso que meu pai quer me falar? Por que me olha desse jeito? Lembro-me, sim. Não tenho culpa de nada. As promessas do passado, enterro-as hoje. O próprio Sango Kerim virá abençoar-me. Lembro. Não esqueci nada. Não me envergonho de nada. O que isso tudo tem a ver com a Samília adulta de hoje? Entrego-me a Kuam cheia de lembranças, sim. De belas lembranças de menina. E não me envergonho de nada." Foi o que pensou, mas respondeu apenas:

— Sim, pai, é verdade.

Imaginava que o pai lhe pediria mais detalhes, que poderia explicar. Mas Tsongor fechou a cara. Não fez mais perguntas. Então um longo canto plangente ressoou ao longe. Centenas de trompas de chifre de zebu davam o sinal que se elevava da planície anunciando a vinda do imenso cortejo de embaixadores. Duzentos e cinqüenta cavaleiros em trajes de ouro sopravam as trompas para a porta de Massaba se abrir e deixar entrar a extensa fileira de presentes.

O rei Tsongor não disse mais nada. Deixou Samília, ordenou a abertura da porta e desceu apressado para receber os embaixadores.

NAS RUAS DE MASSABA, tinha início a lenta procissão dos cavaleiros de Kuam. Durou várias horas. Em cada praça, em cada encruzilhada, os cavaleiros paravam e entoavam um novo hino em louvor da cidade e seus habitantes, em louvor da futura esposa, de seu pai e seus antepassados. O rei Tsongor, os quatro filhos, Samília, o séquito desta e o restante da corte esperavam na ampla sala dos embaixadores. Nada viam, mas escutavam o toque das trompas cada vez mais próximo. Ninguém se mexia. Sentado no trono, Tsongor olhava fixo para a frente. Parecia uma estátua. Apesar do calor e das moscas a sua volta mantinha-se totalmente imóvel, mergulhado em seus pensamentos. Coberta por um véu, Samília rangia nervosa os dentes, recordando a malograda conversa com o pai.

A cerimônia dos presentes enfim começou e durou mais de quatro horas. Quatro horas em que os dez embaixadores abriram caixas, depositaram jóias aos pés do clã real, desenrolaram tecidos, apresentaram armas, ofereceram insígnias nas cores das terras concedidas à noiva. Quatro horas de moedas de ouro, essências raras, animais exóticos. Para Tsongor, foi um suplício. Queria pedir aos embaixadores que fossem embora, deixassem a cidade, levando consigo caixas e malas. Esperariam sua decisão junto à muralha circundante. Tarde demais. Nada pôde fazer exceto admirar os tesouros despejados a seus pés e balançar a cabeça em aprovação. Não demonstrava alegria nem surpresa. Concentrava todas as forças nos músculos do rosto para sorrir de quando em quando e mal conseguia. Um sofrimento sem fim. Os quatro irmãos de Samília queriam manifestar júbilo e espanto diante de alguns estranhos objetos. Queriam aproximar-se dos presentes, tocar os tecidos, brincar com os macacos sábios, contar as pérolas nas caixas, mexer nos sacos de especiarias. Queriam rir e abraçar exultantes aqueles tesouros. Mas viam o pai impassível no trono e sentiam-se no dever de exibir a mesma impassibilidade. Afinal, aquelas riquezas talvez fossem insuficientes, talvez fosse sinal de baixeza mostrar satisfação em recebê-las. Os embaixadores continuavam sem trégua a apresentação, diante do silêncio imperturbável do clã Tsongor.

Após quatro horas de cerimônia, a última caixa foi aberta. Continha um colar de lápis-lazúli, azul como as paredes do palácio do príncipe Kuam, azul como os olhos de toda a sua linhagem. Os dez embaixadores ajoelharam-se, e o mais velho declarou:

— Rei Tsongor, esses tesouros são teus. Mas nosso rei, o príncipe Kuam, consciente da insignificância desses presentes em face da beleza de tua filha, também te oferece seu reino e seu sangue.

Em seguida, despejou nas imensas lajes do chão um pouco de terra do reino de Kuam e um pouco do sangue do príncipe, que escorreu suavemente de um frasco dourado, com o murmúrio de uma fonte.

O rei Tsongor pôs-se de pé e nada respondeu, contrariamente ao exigido pelos costumes. Fez sinal com a cabeça saudando respeitosamente os embaixadores, convidou-os a levantar-se e desapareceu. Não trocaram nenhuma outra palavra. Tsongor sufocava em sua túnica de ouro e seda.

Começava a longa noite insone do rei. Tsongor recolheu-se a seus aposentos e determinou que não o incomodassem. Só Katabolonga permanecia a seu lado sem dizer nada. Sentado num canto, não tirava os olhos de seu amo. Katabolonga era sua única companhia, e o velho rei estava feliz pela presença do selvagem.

— Katabolonga — disse ao amigo —, para onde olho, só vejo a guerra. Esse dia deveria reservar alegria a todos. A mim caberia apenas a doce tristeza de ver minha filha partir. Mas essa noite sinto nas costas o sopro feroz da guerra. Está cada vez mais próxima de mim, e não encontro meio de rechaçá-la. Se der minha filha a Sango Kerim, a ira de Kuam recairá sobre Tsongor. Nada mais justo, pois terei insultado o príncipe das terras do sal, prometendo-lhe o que concedo a outro. Quem suportaria tão grave ofensa? Vir aqui, com todas as suas riquezas. Oferecer seu sangue, sua terra. E cuspirem-lhe na cara. Seu reino fatalmente se insurgirá contra o meu. Kuam não descansará antes de aniquilar-me. Se der Samília a Kuam, ignorando

Sango Kerim, quem sabe o que poderá acontecer? Conheço bem o companheiro de infância de meus filhos. Não é rei de nenhum país. Entretanto, se veio até mim, se ousou reclamar minha filha para si como quem reclama o que lhe é devido, decerto conta com aliados e um exército capazes de fazer as torres de Massaba tremerem. Não importa para que lado me vire, Katabolonga, sempre tenho a guerra a minha frente. Qualquer que seja minha escolha, quebrarei uma promessa. Qualquer que seja o ofendido, terá razão, e isso irá torná-lo poderoso e incansável. Preciso pensar. Tem de haver uma saída. Sou o rei Tsongor, acharei a resposta. Que lástima!... Ia casar minha filha, meu último compromisso antes de me retirar a uma existência tranqüila. Estou velho, Katabolonga, assim como tu. Sobrevivi às batalhas. Às longas marchas forçadas, às campanhas mais duras. À fome e ao cansaço. Nada disso me derrotou. O rei Tsongor soube sepultar a guerra. Lembras? Naquele dia, estavas nu e meu exército te rodeava. Nada dizias. Podia ter rido de ti ou mandado matar-te na mesma hora. Mas te ouvi. Ouvi o canto numeroso dos mortos a murmurar-me: "Que fizeste, Tsongor? Que fizeste até aqui?" Assim me interrogava a multidão de cadáveres de minhas campanhas, corpos abandonados aos abutres em estradas areentas. Essa era a pergunta que saía da boca deformada de meus inimigos, amontoados nos campos de batalha. "Que fizeste, Tsongor?" Eu te escutava e só ouvia a mesma interrogação. Sentia vergonha. Podia ter-me ajoelhado diante de ti. Nada dizias. Ali parado, conservavas o olhar cravado em mim. E te ouvi. Estendendo-te a mão, sepultei a guerra e despedi-me de Tsongor, o sanguinário. Senti infinito alívio e grande contentamento. Eras aquele que eu esperava, Katabolonga. Enterrei nesse dia Tsongor e seus triunfos violentos. Enterrei os tesouros de rapina e as lembranças de tantas batalhas. O rei guerreador, deixei-o naquele acampamento. Em teu país devastado. Nunca mais me entreguei à antiga ferocidade. Permaneci surdo a seu apelo. Tinha uma vida por construir, com tua presença constante e atenta a meu lado.

Não exumarei o rei belicoso daquele tempo. Que fique onde o deixei e apodreça no local de suas últimas vitórias. Não tenho medo, Katabolonga. Se quisesse, venceria Kuam e Sango Kerim juntos. Não me faltam meios para isso, falta-me vontade. Não os temo, mas não quero lutar.

— Eu sei, Tsongor.
— O que devo fazer, Katabolonga?
— É hoje, meu amigo.
— Hoje?
— Sim.
— Já me disseste essa manhã.
— Disse assim que senti.
— E foi essa manhã. Sim. Agora lembro. Não entendi tuas palavras. Pensei que falavas do casamento de Samília. Mas não. Tinhas um olhar triste. Já sabias. Era isso. Já sabias bem antes de mim. É hoje, dizes. Tens razão. Não há outra coisa a fazer. Ótimo. Nem a guerra, nem as batalhas de antigamente. Só uma imensa noite. E o vôo nervoso dos morcegos. Nada mais. Tua mão sobre mim... puxando sobre meu rosto o grande lençol. Eu sei, Katabolonga. Eu sei, meu amigo... Velas este teu companheiro. E teus lábios, abençoados sejam, dizem o que será.

No meio da noite, Tsongor saiu ao terraço. Katabolonga seguiu-o. O rei observou o céu e as sete colinas de Massaba. As fogueiras de Sango Kerim ainda queimavam ao longe. Respirou o ar quente daquela noite de verão e ali ficou sem dar uma palavra a seu portador. Depois, pediu que chamassem o filho mais novo, Suba.

Suba foi tirado da cama por Katabolonga, mas não fez perguntas. No terraço, encontrou o pai com uma expressão aflita. Estavam os três sozinhos na noite densa de Massaba.

— Não faças perguntas, filho — começou o velho Tsongor. — Escuta simplesmente o que te digo e aceita o que te peço. Já não disponho de tempo para explicar nada. Sou o rei Tsongor e trago no rosto e nas palmas das mãos tantos anos quantos são os fios de cabelo em tua cabeça. A vida me pesa. Logo chegará o dia em que meu velho corpo já não conseguirá carregá-la. Então me curvarei e ajoelharei para depositá-la no chão, sem amargura. Pois foi uma vida riquíssima. Não digas nada. Sei o que estás pensando. Esse dia virá. Escuta. Só te peço uma coisa, filho. Quando esse dia chegar, tua missão terá início. Não chores com as carpideiras. Não participes das discussões entre teus irmãos acerca da divisão do reino. Não escutes os rumores do palácio, nem o burburinho de Massaba. Lembra-te apenas das palavras de teu pai, desta noite no terraço, e cumpre teu dever. Corta os cabelos. Põe uma longa túnica negra, tira as jóias que usas nos braços. E parte, deixa a cidade e a família. Cumpre tua missão, ainda que leves vinte ou trinta anos. Constrói sete túmulos pelo mundo. Em lugares remotos e de dificílimo acesso. Convoca os arquitetos mais brilhantes do reino para erguê-los. Sete túmulos secretos e suntuosos. Que cada um deles seja um monumento ao que fui para ti. Dedica-te a isso com todas as tuas forças e todo o teu engenho. Escolhe bem as terras onde irás construí-los. No meio de um deserto. À beira de um rio. Sob a terra, se puderes. Onde decidires. Sete túmulos dignos de um rei. Mais luxuosos que o palácio de Massaba. Não poupes esforço nem tesouros reais. Quando concluíres tal obra, os anos terão passado. Talvez estejas mais encurvado que teu velho pai hoje. Que isso não te detenha. Que nada te faça esquecer tua promessa. Promessa a um pai morto. A um rei de joelhos diante de ti. Não escutes ninguém. Cala a revolta em ti. Termina tua tarefa. Quando os sete túmulos estiverem prontos, retorna a Massaba. Manda abrir meu túmulo e leva contigo o corpo de teu pai. Na tua ausência, teus irmãos terão embalsamado meu cadáver. Ostentarei o rosto cavado das múmias, que sorriem de pavor. Não sairei de Massaba esperando por ti. Leva-me contigo. Manda amarrar meu sarcófago ao lombo de um animal de carga e parte em comboio para a última viagem de tua missão. Escolhe um dos sete túmulos e ali deposita meu corpo. Serás o único a saber onde descanso. O único. Sete túmulos, e só um elegerás para minha morada definitiva. Quando tiveres feito isso, antes de seguires teu destino, sussurra em meu ouvido de morto: "Sou eu, pai, teu filho Suba. Estou vivo. Estou aqui a teu lado. Descansa em paz. Tudo se fez segundo a tua vontade." Só então terás cumprido tua promessa. Só então se poderá dizer que Tsongor foi sepultado. Terei esperado todos esses anos para morrer. Só então poderás tirar a túnica de luto, voltar a usar tuas jóias e retomar tua vida.

Ainda era noite fechada. Katabolonga e Suba não se mexiam. Aturdido, o jovem príncipe olhava o pai sem entender, incapaz de qualquer reação, a não ser aguardar o que o rei diria a seguir:

— Vejo que me escutas. E nada respondes. Ótimo. Lembra-te de cada palavra minha. E agora, filho, jura fazer o que te peço. Jura diante de Katabolonga. E que a noite guarde nosso segredo. Nunca digas nada a ninguém.

— Eu juro, meu pai.

— Repete. Que Massaba adormecida te ouça e a terra de teus antepassados o sinta. Jura. Que os morcegos te sirvam de testemunha. Jura e não traias teu juramento.

— Eu juro. Juro diante de ti.

Tsongor fez o filho levantar e abraçou-o. Lágrimas corriam-lhe dos olhos.

— Obrigado, meu filho, agora vai.

E os dois homens no terraço ficaram outra vez sós.

— Devo chamar Samília? — perguntou Katabolonga.

O rei hesitou um instante e fez que não com a cabeça. Não tinha ânimo para mais uma conversa. Logo iria amanhecer, e queria aqueles últimos instantes para si.

— Ter construído tudo isso — murmurou — e ser obrigado a tudo abandonar antes de ter usufruído... Ao fechar os olhos, poderei afirmar que fui feliz? Apesar de tudo que tiram de mim? E o que pensarão aqueles que deixo para trás? Minha filha irá amaldiçoar-me. Seus gritos ecoarão pelo palácio, cuspirá na própria estirpe, no dote que lhe destino. Nada além de um punhado de terra a escorrer da mão. Os presentes serão levados. Nada sobrará. As jóias, o vestido de noiva, os véus, poderá queimá-los sobre meu túmulo. Samília só não amaldiçoará o pai, se eu obtiver o que em vida me é negado. A guerra está próxima. Vai fechando o cerco. Não é verdade, Katabolonga?

— Sim, Tsongor. A guerra rodeia Massaba. Ao amanhecer desabará do alto das colinas sobre a cidade.

Absorto, Tsongor parecia não ter ouvido a resposta do amigo.

— Escuta bem, Katabolonga — retomou o rei. — Amanhã estarei morto. Sei o que acontecerá em seguida. Decretarão luto. A cidade irá parar, emudecida. Aqueles que amo mudarão de fisionomia. Todos se reunirão em torno do morto. Meus filhos. Meus companheiros. Meus fiéis servidores. Os homens e as mulheres de Massaba. Uma multidão enlutada virá aglomerar-se às portas do palácio. As carpideiras arranharão o rosto com as unhas. Sei tudo isso. Todos estarão presentes. Kuam e Sango Kerim também virão. Claro. O príncipe testemunhará a Samília seu pesar, interessado sobretudo em ver como é o rosto da futura esposa. Sango Kerim também estará presente. Porque minha morte o terá entristecido. E porque não cederá terreno ao rival. Sei tudo isso. Estarão aqui, ao pé do cadáver, chorando, lamentando minha morte, espiando um ao outro. Quase posso sentir o duelo surdo entre eles. Mas não os odeio. Em seu lugar, provavelmente faria o mesmo. Viria chorar o pai para arrebatar a filha. Por isso quero que fales aos dois, Katabolonga. És o único a quem posso confiar essa tarefa.

— O que devo dizer a eles, Tsongor?

— Diga-lhes que morri porque não quis escolher entre os dois. Diga-lhes que esse casamento é maldito porque derramou meu sangue e que tanto um quanto outro devem renunciar a Samília. Ela permanecerá virgem ainda um tempo, depois há de casar-se com um terceiro. Um homem modesto de Massaba, sem nenhum exército sob seu comando. Diga-lhes o quanto eu gostaria que fosse diferente. Mas nada do que esperávamos se realizou. Insiste nesse ponto. Nunca pretendi ultrajar ninguém. A fortuna tratou de zombar de nós. É preciso abdicar. Ambos devem ir embora e escolher outro destino.

— Direi a eles, Tsongor — prontificou-se Katabolonga. — Medirei as palavras, ou melhor, repetirei as tuas, transmitirei exatamente o que ouvi de ti.

Então o selvagem se calou. E o silêncio cresceu na noite outra vez. Não queria dizer mais nada, porém acrescentou num tom baixo e triste:

— Direi a eles, Tsongor, mas isso não bastará.

— Eu sei, Katabolonga — concordou Tsongor —, mas é preciso tentar.

Houve novamente um longo silêncio. Depois o rei falou:

— Há mais uma coisa. Guarda isso, Katabolonga.

Na noite cerrada de Massaba, estendeu um pequeno objeto que o fiel servidor segurou atento na palma da mão. Era uma moeda de cobre velha e enferrujada. O relevo estava um tanto erodido pelo uso. Mal se distinguiam as inscrições originais.

— É uma velha moeda que sempre trouxe comigo. A única coisa que me restou do império de meu pai. Trazia-a comigo quando liderei meu primeiro exército. Essa moeda pagará minha passagem para o outro mundo, como manda o costume. Não quero outra. Irás colocá-la na minha boca, e assim a terei apertada entre os dentes quando me apresentar aos deuses lá de baixo.

— Deixarão passar Tsongor com respeito. Ao verem o rei do maior império apresentar-se a eles com essa única moeda, compreenderão quem foste.

— Escuta bem, Katabolonga — prosseguiu Tsongor —, escuta porque ainda não acabei. É costume deixar a moeda com o morto quando começam os funerais, para ele chegar mais rápido à outra vida. Não quero seguir o costume. Guarda-a e não permitas que nenhum de meus filhos ponha outra em seu lugar. Amanhã estarei morto. Deixei em teu poder a única moeda capaz de pagar minha passagem; guarda-a bem.

— Por quê? — indagou Katabolonga, sem entender a vontade do rei.

— Guardarás a moeda até Suba voltar. Só quando ele tiver retornado a Massaba, poderás dar ao cadáver de Tsongor o preço da passagem.

— Sabes o que isso significa, Tsongor?

— Sei.

— Errarás anos e anos, sem descanso — explicitou Katabolonga. — Assim te condenas a um tormento longe de ter fim.

— Eu sei — repetiu Tsongor. — Amanhã estarei morto. Mas vou esperar o retorno de Suba para morrer completamente. Até lá não passarei de uma sombra inquieta. Ainda ao alcance dos rumores deste mundo. Serei um espírito insepulto. Essa é minha vontade. Só tu poderás trazer-me paz restituindo a moeda a ti confiada. Esperarei o tempo necessário. Tsongor não deve descansar antes de tudo ter sido feito.

— Farei como desejas — prometeu Katabolonga.

— Jura-o — ordenou o rei.

— Eu juro, Tsongor. Por todos esses anos que nos unem.

Um longo tempo transcorreu sem dizerem mais nada. Prefeririam permanecer em silêncio. Contrafeito, Tsongor terminou por se manifestar.

— Vamos lá, Katabolonga, não é mais hora de falar. Já vai amanhecer. Acabemos logo com isso. Vem, aproxima-te. E que tua mão não trema ao tomar o que é teu.

Katabolonga aproximou-se do velho rei. Esticou o corpo descarnado, os longos braços ossudos, lembrava uma enorme aranha. Tinha desembainhado um punhal que segurava com firmeza. Aproximou-se ainda mais de Tsongor até quase tocá-lo. Um sentia na pele a respiração do outro. O rei aguardava, mas o golpe não vinha. Katabolonga abaixara o punhal. E chorava enquanto falava baixinho.

— Não posso, Tsongor. Não tenho forças, não posso.

O rei olhou para o rosto do amigo. Nunca teria imaginado que Katabolonga pudesse chorar.

— Lembra-te de nosso pacto — evocou Tsongor. — Só fazes retomar o que te devo. Lembra-te de tua mulher. De teus irmãos. Das terras por mim queimadas e pisoteadas. Não mereço uma lágrima tua. Reatiça a antiga ira. Que ela volte a arder à lembrança do que tirei de ti, do que destruí sem piedade. Somos dois no meio desse imenso acampamento repleto de guerreiros arrogantes. Diante de ti, baixo e feio, o rei criminoso, rindo de tua desgraça. De teu povo trucidado e de teu país em ruínas. Tens na mão um punhal. És Katabolonga. Ninguém ri de ti sem perder a vida. Diante de todo o meu exército, vinga-te. Vamos, Katabolonga, faz sorrir teus mortos e lava as antigas ofensas!

A um palmo do rei, trincando os dentes, o gigantesco Katabolonga chorava.

— De meus mortos, Tsongor, já não me lembro. Até onde vai a memória, só me lembro de ti. Desses anos todos a teu serviço. Das milhares de refeições que fiz postado atrás de ti. O Katabolonga vingador, já o enterrei. Ficou naquele acampamento, com o guerreiro que eras então. Naquela terra queimada e sem nome, a poucos passos um do outro, os dois se encaravam. Não sou mais aquele homem. Olho para ti. Sou teu velho portador de banqueta, nada mais. Não me peças isso, não posso.

Deixou cair o punhal e ficou ali, os braços pendentes, inerte. Tsongor quis abraçar o amigo, mas se conteve. Num movimento rápido, apanhou do chão o punhal e cortou os pulsos, sem dar a Katabolonga qualquer chance de intervir. Dos punhos do rei escorria um sangue escuro que se misturava à noite. Ouviu-se então a voz do rei Tsongor, calma e suave.

— Pronto. Minha morte está resolvida. Vai demorar algum tempo. Até minhas veias sangrarem o suficiente, ficarei aqui. Vou morrer, e nada fizeste para provocar minha morte. Agora te peço um favor. — Enquanto o rei falava, o sangue continuava a espalhar-se. Uma poça já se formara a seus pés. — Não tardará a amanhecer. Haverá luz no alto das colinas antes que eu esteja morto. Muitos acorrerão. Ouvirei os gritos dos que me são caros e o rumor distante dos exércitos impacientes. Não quero isso. A noite logo terá acabado e não quero sobreviver a ela. Mas o sangue escoa devagar. Só tu podes ajudar-me. Não peço que me mates, já o fiz por ti. Só peço que me poupes de agonizar um dia inteiro. Ajuda-me, Katabolonga.

O amigo ainda chorava. Não compreendia. Atordoado, nem conseguia pensar. O sangue do rei molhava-lhe os pés. E a voz de Tsongor soava-lhe como um riacho tranquilo. Era a voz de um grande amigo suplicando sua ajuda. Com todo o cuidado, retirou o punhal das mãos do rei. A lua empalidecia no céu. Num gesto brusco, cravou o punhal no ventre do velho rei. Puxou a arma e apunhalou-o de novo. Tsongor teve um espasmo e ruiu. O sangue fluía farto de seu ventre. Estava deitado numa poça negra que crescia no chão do terraço. Katabolonga ajoelhou-se, apoiou a cabeça do rei contra si. Tsongor ainda olhou para o amigo, mas não teve tempo de agradecer. A morte subitamente revirou-lhe os olhos, e a expressão do rosto logo se imobilizou. Assim permaneceu, com a cabeça inclinada para trás, como a beber o céu. O rei estava morto. E Katabolonga ouviu vozes longínquas rirem dentro dele, vozes de sua vida pregressa. Murmuravam-lhe na língua materna que ele tinha vingado os seus e podia orgulhar-se. Então, com o corpo de Tsongor ainda sobre os joelhos, nos últimos minutos daquela noite de verão, Katabolonga gritou. E seu gemido animal fez tremer as sete colinas de Massaba. Seu pranto acordou o palácio e toda a cidade. Fez vacilar as fogueiras de Sango Kerim. Os gritos terríveis de Katabolonga pontuaram o fim da noite. E quando o amigo de tantos anos deslizou suavemente a mão fechando os olhos do rei, fechou também toda uma época. Enterrou sua própria vida. E, como um enterrado vivo, continuou a gritar até o sol nascer nesse primeiro dia em que estaria só. Indefinidamente só. E transido de pavor.

Capítulo II
O véu de Suba

O LUTO DOMINOU Massaba. A notícia da morte do rei espalhou-se depressa por todas as ruas, bairros e subúrbios. Atravessou a muralha da cidade e chegou até as colinas do norte, onde estava Sango Kerim. Percorreu a grande estrada pavimentada do sul e alcançou a frente do cortejo de Kuam. Então, de uma hora para outra, tudo mudou de figura. Os vestidos e os preparativos do casamento cederam lugar às túnicas de luto e às lamentações.

Samília caiu em profundo abatimento. Não compreendia. O pai estava morto. Os vestidos, as jóias, os sorrisos tinham desaparecido. A filha de Tsongor gemia de raiva: arrancarem-lhe a felicidade daquela maneira? Queria amaldiçoar o pai por ter-se matado no dia de seu casamento. Mal pensava nele porém, tremiam-lhe as pernas, e ela chorava, consumida pelo sofrimento.

Padres transportaram, lavaram e vestiram o corpo do rei. Aplicaram em seu rosto um ungüento que lhe deu um vago sorriso póstumo. Em seguida, o cadáver foi posto sobre um catafalco, na maior sala do palácio. Queimaram incensos. Instalaram nas janelas grandes persianas de madeira para proteger do calor e impedir o apodrecimento do corpo. Na penumbra, só quebrada por umas poucas tochas, começaram a chorar o rei. Os filhos sentaram-se ao lado do corpo segundo a ordem de nascimento. Lá estavam os dois filhos mais velhos, os gêmeos Sako e Danga. Sako ocupava o lugar do herdeiro do trono, pois fora parido primeiro. Logo depois vinha Danga, de cabeça baixa, seguido do terceiro filho, Liboko, que segurava a mão da irmã, Samília. Na ponta, achava-se Suba, de cara fechada. A última conversa com o pai não lhe saía da cabeça. Tentava atinar com as razões dessa morte sem conseguir. E ficava assim, com o olhar perdido, incapaz de compreender como um dia de alegria se transformara tão depressa em velório.

Os filhos de Tsongor permaneciam imóveis. Diante deles desfilava lenta e silenciosamente todo o reino. Os primeiros a apresentar-se foram Gonomor, o mais alto dignitário espiritual do império, chefe dos homens-samambaias, e Tramon, comandante da guarda especial do rei. Depois vieram o representante da corte e o intendente do palácio. As autoridades de Massaba. Os velhos companheiros de armas do rei, que, assim como ele, passaram vinte anos a cavalo. Os embaixadores, os amigos e alguns habitantes da cidade que conseguiram ultrapassar as barreiras do palácio para ver o soberano uma última vez.

Sentado ao pé do cadáver, estava Katabolonga, a quem nada perguntaram, embora o tivessem encontrado no terraço com o rei e um punhal ensangüentado na mão. Embora o tivessem encontrado como um assassino, com a arma ainda em punho, ninguém sonhava interpelá-lo. Os cortes nos pulsos do rei evidenciavam o suicídio. E todos se lembravam do pacto entre os dois homens. Após ter apresentado os pêsames à família, alguns visitantes aproximavam-se dele e murmuravam-lhe algo afetuosamente. Sentado ao pé do rei que apunhalara, Katabolonga recebia com os olhos úmidos aquelas palavras de compaixão.

Quando os últimos embaixadores deixaram a sala, anunciaram Kuam. O príncipe das terras do sal entrou escoltado por seus dois companheiros mais próximos, Barnak, o chefe dos mascadores de *khat*, e Tolorus, comandante das tropas do príncipe.

Ao vê-lo entrar, Sako pediu que todos os demais visitantes saíssem, deixando a família a sós com o príncipe e sua escolta. Kuam era um belo homem. Olhos azul-escuros. Porte majestoso. Expressão franca. Alto e imponente. Sua presença transmitia calma e amabilidade. Andou primeiro até o corpo de Tsongor. E ali permaneceu um bom tempo sem dizer palavra, fitando o cadáver com ar desconsolado. Então falou, em voz alta para todos ouvirem.

— Não era assim, Tsongor — disse com uma das mãos sobre o esquife —, que esperava ver-te pela primeira vez. Já contava com a alegria de encontrar-te, de tomar tua filha por esposa, de chamar teus filhos de irmãos. Pensava ter tempo de conhecer-te, ao longo dos anos, como quem se vai inteirando de uma longa história. Como teus filhos, teria gostado de zelar por ti na velhice. Não era assim, Tsongor, que devíamos nos encontrar. A morte não devia ter-me convidado a entrar nesse palácio. Cada aposento, cada recanto devia ter sido mostrado a mim pela tua mão. Por essa velha mão paterna cada um dos teus devia ter sido apresentado a Kuam. Em vez disso, tua mão morta repousa sobre o peito, e não sentes as lágrimas que derramo por esse encontro a nós recusado.

Ao fim de tais palavras, o príncipe beijou a mão do morto, para em seguida repetir discretamente suas condolências a cada um dos filhos. Samília aguardava de cabeça baixa. "Não posso levantar os olhos", dizia consigo mesma, "seria indecente". No entanto, uma estranha excitação já a dominava. Quando Kuam se ajoelhou diante dela, ergueu a cabeça de forma instintiva. A proximidade dos rostos sobressaltou-a. Ali estava ele, bem diante de seus olhos. Era bonito. Tinha os lábios bem desenhados. Samília não ouviu o que disse Kuam, mas viu o príncipe mirá-la com olhos febris. E por esse olhar soube que ele ainda a queria. Mesmo de luto. Viera para isso. "Apesar da morte do pai, Samília está prometida a mim, e esperarei o necessário para tê-la", pretendia declarar a todos. E a filha de Tsongor sentia-se grata ao príncipe. Um pouco de vida era possível, lia no rosto de Kuam. Além da dor e do luto, um pouco de vida se oferecia a ela. Talvez não estivesse tudo perdido. Não conseguia desviar os olhos do homem que lhe assegurava não ser aquele dia o fim de tudo.

SAKO LEVANTOU-SE para acompanhar Kuam e agradecer sua presença, mas a porta da sala bruscamente se abriu e, sem que se pudesse anunciá-lo, Sango Kerim entrou, seguido de Rassamilagh, um homem alto e magro, vestido de azul e preto. Houve um instante de imobilidade: todos se observavam tentando reconhecer uns aos outros.

Perplexa, Samília estudava o homem que ali irrompera. Era ele, Sango Kerim, não restava dúvida. Todo o passado ressurgia. Fixou-o por algum tempo, e parecia-lhe ter voltado à época em que Sango ainda vivia entre eles. Foi uma boa sensação. Havia algo inabalável em sua vida, algo sólido, constante, avesso ao tempo. Sango Kerim fazia-lhe companhia, como antigamente. Olhava-o com avidez. Ali estava ele, bem diante de seus olhos. Na desgraça, ainda podia contar com uma coisa: a inabalável fidelidade de Sango Kerim. Não esquecera a presença de Kuam e percebia toda a violência implicada no confronto dos dois pretendentes. Ela mesma sentia sobretudo uma dolorosa hesitação. Mas o rosto de Sango Kerim simplesmente lhe fazia bem. Era como se ouvisse uma voz distante sussurrando as antigas brincadeiras de criança, acalmando-a.

Todos os filhos reconheceram Sango Kerim, mas ninguém se mexia. Tomaram conhecimento de sua volta na véspera. Souberam de sua entrevista com o rei e constataram surpresos o quanto esse colóquio desagradara ao velho Tsongor. Em vez da esperada alegria, trouxera-lhe um profundo desgosto. Não se atreveram a perguntar nada. Além disso, os preparativos do casamento, a cerimônia dos presentes e o frenesi generalizado varreram de seus espíritos tal preocupação. Naquele instante, contudo, tornaram a indagar-se: Por que viera? O que queria? O que teria dito ao pai deles? Danga e os outros queriam interrogar Sango Kerim, mas o antigo companheiro de infância permanecia no mesmo lugar da sala, o rosto crispado. Estava pálido e tentava dissimular o tremor das mãos. Assim que pôs os olhos em Kuam, não parou de encará-lo. O silêncio persistia. Finalmente, Sango Kerim, a quem todos espreitavam, falou. Dirigiu-se a Kuam, que o escutava sem compreender quem era aquele homem, o que fazia ali e por que lhe dirigia a palavra se nunca o vira antes.

— Viestes... claro... viestes imediatamente... sem esperar um dia sequer. Não... um dia teria sido muito... Claro...

— Quem sois? — perguntou o príncipe calmamente, sem entender do que se tratava. Mas Sango Kerim não escutava e continuou.

— Viestes sem nem mesmo conhecê-lo... E aqui estais. Eu, eu o amei como a um pai. Quando pequeno, ficava horas a olhá-lo... Instalava-me num canto e ficava a observá-lo: queria aprender seus gestos, suas palavras, imitá-lo como a um pai. Eu conheci Tsongor. E viestes... para tomar o objeto de vossa cobiça... ao pé do próprio morto...

Kuam ainda não compreendia o que aquele homem queria com ele, mas a situação já se tornara embaraçosa, e num tom firme e seco ordenou a Sango Kerim:

— Calai-vos.

Foi como um tapa no rosto do outro, que silenciou e empalideceu ainda mais. Por alguns instantes, não disse mais nada, ficou olhando o corpo do velho Tsongor. Então seu olhar recaiu de novo sobre o príncipe, logo trocado com desprezo por outro interlocutor. Num tom frio, dirigiu-se ao filho mais velho, Sako.

— Vim buscar Samília.

Os filhos do rei Tsongor levantaram-se todos a um só tempo. Sako fervia de raiva.

— Sango — disse ele —, é melhor saíres logo desta sala, pois divagas já de forma indecente.

— Vim buscar Samília — repetiu Sango Kerim.

E Kuam não se conteve:

— Que audácia! — gritou.

Sango Kerim olhou tranqüilamente para o príncipe e respondeu:

— Faço como vós. Venho, num dia de luto, exigir o que me é devido. Como vós. Sim. Com a mesma impudência. Sou Sango Kerim. Fui criado aqui, pelo rei Tsongor. Cresci na companhia de Sako, Danga, Liboko e Suba. Passei dias inteiros com Samília. Ela me prometeu que seria minha. Quando chegou até mim a notícia do casamento, vim para lembrar a Tsongor a promessa da filha. O rei ficou de responder-me hoje. Não manteve a palavra. Preferiu morrer. Pois bem. Venho hoje e digo que levarei Samília comigo.

— És Sango Kerim, e não te conheço — rebateu Kuam, possesso. — Não conheço nem tua mãe nem teu pai, se de fato os tens. Nunca ouvi teu nome ou o de teus antepassados. Não és ninguém, nada. Poderia varrer-te com um simples gesto, porque insultas a todos aqui, bem diante do cadáver do rei Tsongor. Desdenhas do luto de uma família. E me afrontas.

— Tenho um só parente, com efeito — retrucou Sango — e esse ao menos conheces. É o homem que jaz aqui, foi quem me criou.

— É teu único parente, dizes, e ontem vieste matá-lo — acusou o príncipe.

Sango Kerim teria investido furiosamente contra seu interlocutor para fazê-lo pagar pelo que acabara de dizer, não tivesse ressoado de repente a voz rouca e áspera do velho Katabolonga, ali sentado aos pés do morto.

— Ninguém além de mim pode afirmar ter matado Tsongor.

O servidor do rei levantara-se, sobranceiro, impondo a todos um profundo silêncio.

— Só o fiz porque essa era sua vontade. Como agora me levanto e vos digo o que ele queria que aceitásseis. A tristeza por sua morte tomou conta de Massaba. Tsongor pede que enterreis com seu cadáver os planos de casamento. Voltai para o lugar de onde viestes, deixando Samília com seu luto. O rei não quer ultrajar ninguém. O morto suplica que renuncieis. O destino não quis ver Samília casada.

Os homens à volta de Katabolonga olharam-se. A princípio escutaram com respeito, mas logo se impacientaram e não disfarçavam a indignação. Kuam foi o primeiro a falar.

— Nunca pensei casar-me com Samília neste dia de luto. Não me ofende esperar. Serei paciente. Que o rei, em sua morte, não se aflija. Esperarei meses inteiros se preciso. Quando enfim terminarem as cerimônias e honras fúnebres, selarei convosco a união das duas famílias e dos dois impérios. Por que deveria renunciar? Nada peço, apenas ofereço: meu sangue, meu nome, meu reino.

— Esperarás — zombou Sango Kerim, exasperado. — Claro. E durante esse tempo, consolidarás tuas posições, preparando-te para a guerra. Assim não terei mais chance de retomar aquilo que é meu de direito. Por isso digo aqui, diante de todos: não esperarei.

Enfurecido, Sako gritou ao impetuoso Sango Kerim:

— Insultas a memória de nosso pai!

— Não esperarei, em hipótese alguma — prosseguiu Sango Kerim, já controlado, porém não menos incisivo —, não obedeço a Tsongor, embora o considerasse um pai: cadáveres não dão ordens aos vivos.

Katabolonga não tirava os olhos dos dois rivais. Tentava compreender a dimensão daquele ódio recíproco, mas não conseguia.

— Tsongor matou-se por minhas mãos para evitar a guerra. Matou-se julgando sua morte capaz de deter os dois. Mas ambos se precipitam contra o outro pisoteando as palavras e o corpo do rei.

— Quem pisoteia a honra de quem? — questionou Kuam. — Vim para um casamento. O próprio Tsongor convidou-me. Atravessei meu império e o dele para chegar até aqui. E em lugar de receber-me calorosamente, meu anfitrião me faz assistir a um funeral.

A sala foi tomada por um tumulto. Todos falavam ao mesmo tempo, os mais agitados gritavam, ninguém mais se preocupava com o morto. Foi quando uma voz decidida e cheia de autoridade se fez ouvir.

— Ao menos por hoje, ainda pertenço a meu pai. Retirai-vos e deixai-nos chorar sua morte.

Samília levantara-se. Suas palavras calaram o vozario. Em seguida, os homens encaminharam-se para a porta, envergonhados de ser assim repreendidos. Antes de sair, no entanto, Sango Kerim virou-se e declarou:

— Amanhã, ao nascer do sol, estarei à porta da cidade. Se teus irmãos não te trouxerem a mim, será a guerra, atacarei Massaba.

Depois deu as costas ao corpo do rei — cujo braço pendia tocando o chão com a mão seca e nodosa — e retirou-se. Tochas iluminavam a sala. O clã Tsongor permanecia ali, reunido em torno do patriarca pela última vez. Em meio a um forte aroma de incenso, choravam a morte do velho soberano. Choravam a vida de antigamente e os combates futuros.

Quando só restaram na sala os membros do clã Tsongor, Suba tomou a palavra:

— Minha irmã, meus irmãos, tenho algo a dizer-vos e faço-o aqui na presença de nosso pai. Estive com ele ontem à noite: mandou chamar-me. Não posso revelar tudo o que me disse, pois jurei-lhe segredo. Mas posso dizer o seguinte: parto amanhã, não enterreis Tsongor, embalsamai seu corpo. Que os subterrâneos do palácio lhe sirvam de abrigo. Lá repousará até minha volta. Parto amanhã e não sei quando regresso. Nosso pai quis assim. Nada levo comigo a não ser um traje de luto e um cavalo. Parto por muito tempo. Anos. Toda uma vida talvez. Esqueci-me. Não tenteis reter-me aqui nem encontrar-me depois. Essa é a vontade de Tsongor. Nada quero para mim. Reparti o reino entre vós... como se eu estivesse morto. De amanhã até o dia em que terei concluído a missão para a qual Tsongor me convocou, minha vida não me pertence.

Samília, Sako, Danga e Liboko escutavam comovidos. Suba era o mais jovem. Nada tinha realizado ainda. Sua vida era uma folha em branco. Pela primeira vez, ouviam-no falar daquela maneira, com segurança e autoridade. E dizia-se prestes a renunciar à vida durante muitos anos. Suba falava e parecia ter envelhecido de repente. Os irmãos não entendiam por que Tsongor escolhera Suba para semelhante tarefa. Por que o mais jovem? O rapaz não merecia tal castigo. Renunciar a tudo de um dia para o outro e partir. Assim tão moço. Levando consigo um traje de luto e nada mais.

Samília chorava. Só tinha dois anos a mais que o irmão. Criados juntos, foram amamentados pela mesma ama. Brincaram os dois pelos corredores do palácio, e a irmã cuidou do caçula com o desvelo maternal de uma menina. Penteava-o. Dava-lhe a mão quando ele tinha medo. Naquele momento, ouvia o irmão falar e não reconhecia sua voz.
— Meus irmãos — disse ela —, resta-nos uma última noite a passar juntos. Amanhã começarão adversidades, provações que nos deixarão exaustos e isolados. Fomos criados pelo mesmo pai. O mesmo sangue corre em nossas veias. Até hoje fomos o clã Tsongor, os filhos do rei, seu orgulho, sua força. Ele morreu, e agora não somos mais os filhos de Tsongor. Sois homens. Amanhã cada um escolherá seu caminho. Sinto, e deveis senti-lo também, que nunca mais estaremos unidos como estamos hoje. Não lamentemos. É inevitável. A partir de amanhã cada um seguirá seu rumo, como tem de ser. Aproveitemos então essa noite de comunhão. Que nosso clã exista até o amanhecer. Desfrutemos desse tempo. Tempo de viver e compartilhar. Que nos tragam de beber e de comer. Que nos cantem as canções tristes de nosso país. E assim, passando essas horas juntos, faremos nossa despedida. Pois é preciso dizer adeus, eu sei. Adeus a ti, Suba, que amo como um filho. Quem sabe o que encontrarás ao regressar? Não sabemos quem ainda estará aqui para aco-

lher-te, lavar teus pés, oferecer-te as frutas e a água da hospitalidade, enfim, para ouvir-te contar toda uma vida passada longe de nós. Adeus, Sako e Danga, meus irmãos mais velhos. Adeus, Liboko, meu conselheiro de sempre. Amanhã começa outra vida, e não sei se ainda sereis meus irmãos. Quero abraçar-vos. Perdão se choro, mas amo muito a todos e é a última vez.

Samília não terminou a frase, Suba abraçou-a antes. Lágrimas corriam-lhes pelo rosto. Como na cheia de um rio que transborda anexando aos poucos os riachos ao redor, o choro tomou conta do clã. Choravam e sorriam ao mesmo tempo. Como para não esquecer aquela última expressão dos seus, olhavam-se longamente.

Veio a noite. Serviram-lhes de comer. Músicos tocaram e cantores entoaram as melodias da terra natal, evocaram a dor da partida, as lembranças de outra época e o tempo que a tudo devora. Os irmãos estavam sentados em roda e passaram a noite a conversar, cochichar coisas sem importância, abraçar-se ao som das cítaras e do vinho sendo despejado nas taças.

O barulho dessa última refeição familiar chegava até a sala do catafalco como notas indistintas de uma música suave, capaz de tocar o corpo do velho Tsongor. Ouvindo aqueles sons, o rei pediu a Katabolonga, sensível ao apelo dos mortos, que o levasse até onde se reuniam os filhos.

Nos corredores desertos do palácio de luto, duas figuras caminhavam lado a lado, procurando não ser vistas. Orientando-se pela música, tentavam encontrar o local da reunião no labirinto do palácio. Quando afinal acharam, o velho Tsongor dissimulou-se num canto não iluminado e ficou admirando os filhos, reunidos pela última vez. Ali sentados juntos, de braços dados, pernas entrançadas, cabeças encostadas, à semelhança de cães recém-nascidos da mesma ninhada quando se amontoam para dormir. E os irmãos riam, choravam, enternecidos. O vinho era vertido e a música enchia os corações de melancolia.

Aquelas cenas, aqueles cheiros e vozes alentavam o espírito do rei. Seus filhos estavam todos ali, felizes.

— Muito bem — murmurou Tsongor, grato por ter partilhado com eles aquela noite. Retornou então ao mármore frio do catafalco.

Vencidos pelo cansaço, os filhos de Tsongor tiveram de encerrar a derradeira reunião do clã. A contragosto, cada um se recolheu a seu aposento e dormiu. Apenas Suba não se deitou. Ficou ainda um tempo a vagar pelos corredores silenciosos do palácio. Queria rever uma última vez as salas onde crescera, tocar as pedras das paredes e a madeira dos móveis, impregnar-se daquele lugar. Depois, desceu a grande escadaria do palácio e desapareceu nas estrebarias. O odor quente dos animais e da forragem acordou-o. Percorreu a alameda central, em busca de um cavalo apropriado a seu exílio: um puro-sangue, rápido, nervoso, um animal nobre, capaz de levá-lo de um extremo a outro do reino com o necessário ímpeto. Mas todos aqueles cavalos de raça, esplêndidos e bem escovados, pareciam-lhe incompatíveis com o luto. Chegou então à parte recuada da cavalariça real, destinada não às montarias, mas aos animais usados para puxar veículos e aos burros e mulas. Estacou satisfeito: precisava era de um burro, claro. Um burro de passo lento e teimoso, humilde montaria que nem o sol nem o cansaço enfraqueceriam. O jumento era o meio de transporte perfeito para quem, como ele, pretendia cavalgar lenta e obstinadamente, levando aonde fosse a notícia da morte do pai.

Deixou Massaba sobre um burro ainda sonolento. Deixou a cidade natal e todos os seus entregues à noite. Começava para eles uma nova vida da qual nada saberia.

Cerca de uma hora após sua partida, já bem depois de perder de vista a última colina de Massaba, chegou à beira de um riacho onde brincara tantas vezes com os irmãos na infância. Apeou-se e deixou o burro matar a sede, aproveitando para molhar o rosto. Só ao montar de novo, notou um grupo de mulheres na mesma margem. Deviam ser oito, a olhá-lo sem dizer nada. Coladas umas às outras, procuravam não fazer barulho. Tinham vindo de Massaba, em plena noite, para lavar roupa no riacho. Com a iminência da guerra, logo não haveria meio de sair da cidade. E, caso a sitiassem, a água seria racionada. Então, naquela derradeira noite de liberdade, tinham vindo mergulhar seus lençóis, tapetes e roupas na água fria do ribeiro. Ao ver Suba, a princípio se assustaram. Mas uma delas logo o reconheceu, e o grupo suspirou aliviado. Permaneciam ali, imóveis, sem dar um pio. O rapaz saudou-as gentilmente, e responderam respeitosas à saudação. Em seguida picou o burro e saiu depressa para logo desaparecer. Pensava naquelas mulheres. Eram as únicas a tê-lo visto partir, a dividir com ele aquelas estranhas horas. Pensava nisso quando percebeu que o seguiam. Virou-se, e lá estavam elas, centenas de metros atrás. Pararam quando parou. Não queriam alcançá-lo. Suba sorriu outra vez e acenou para dizer adeus. Responderam com deferência baixando a cabeça. E o jovem príncipe partiu a galope. Mas após uma hora, sentiu de novo a presença delas às costas. Voltou-se. As lavadeiras estavam ali. Tinham caminhado pacientemente, seguindo seu rastro, até avistá-lo a certa distância. A cidade, a roupa e o riacho tinham ficado para trás. Suba não compreendia. Aproximou-se do grupo o suficiente para se fazer ouvir e perguntou:

— Mulheres de Massaba, por que me seguis?

Baixaram a cabeça sem responder. O rapaz insistiu:

— O destino quis que nos encontrássemos essa noite, para mim a noite do exílio. Fico feliz por isso. Guardarei comigo por muito tempo a imagem de vossos rostos humildes e sorridentes. Mas não demoreis. O dia já vai nascer. Voltai à cidade.

Então a mais velha das mulheres deu um passo à frente e sem levantar os olhos respondeu:

— Suba, nós te reconhecemos quando a noite te pôs em nosso caminho. Não foi difícil reconhecer aquele que é para nós o rosto infantil da felicidade. Não sabemos nem aonde vais nem por que deixas Massaba. Mas nosso caminho cruzou o teu e devemos escoltar-te. És da cidade, não seria justo partires sozinho pelas estradas do reino. As mulheres de Massaba não podem abandonar a tal infortúnio o filho do rei Tsongor. Não tenhas receio, nada te pedimos. E não nos aproximaremos. Só faremos seguir-te aonde fores. Que a cidade esteja sempre contigo.

Suba ficou sem voz. Olhava para aquelas mulheres, mas não se permitiu chorar. Teria abraçado cada uma delas em sinal de gratidão. Ali paradas, esperavam Suba seguir viagem, a fim de acompanhar sua trilha. O príncipe chegou mais perto e disse-lhes:

— Mulheres de Massaba, beijo-vos a testa por essas palavras. Jamais as esquecerei. Mas não pode ser. Escutai-me. Antes de morrer, o rei Tsongor confiou-me importante missão que devo cumprir sozinho. Não posso e não quero ser escoltado. Bastam-me vossas palavras, guardarei-as em mim. Retornai a vossas vidas. É a vontade de Tsongor. Dai meia-volta, humildemente vos peço.

As mulheres ficaram mudas um bom tempo, até que a mais velha afinal se pronunciou:

— Muito bem, Suba. Não nos oporemos a tua vontade nem à do rei Tsongor. Deixamos-te aqui, entregue a teu destino. Mas aceita sem protesto nossas oferendas.

Suba aquiesceu. E as mulheres puseram-se a cortar o cabelo. Cortaram longas mechas umas das outras, até cada uma delas conseguir fazer uma trança. Em seguida vieram prender respeitosamente à sela de Suba as oito tranças confeccionadas, como se fossem troféus sagrados.

Depois abriram um imenso lençol preto, logo amarrado a um bastão que fixaram às costas de Suba.

— Esse véu negro será teu véu de luto — disseram-lhe. — Anunciará por onde fores a dor de Massaba.

Só então se curvaram ajoelhadas, saudaram Suba e foram embora.

Amanhecia. Com a luz já dissipando a névoa, Suba seguiu viagem. O vento inflou em suas costas o véu negro dado pelas mulheres. De longe, o cavaleiro solitário parecia um barco a vela a percorrer as estradas do país. O véu das lavadeiras estalava atrás dele, anunciando a todos os funerais do rei Tsongor e a desdita de sua cidade.

Capítulo III
A guerra

Com o nascer do sol, Sango Kerim desceu das colinas a cavalo, sem escolta, e dirigiu-se a Massaba. Chegando à porta principal, encontrou-a fechada e constatou a ausência de Samília e de qualquer de seus irmãos. Ninguém viera saudá-lo. Os guardiões da porta estavam armados. Toda a volta da muralha da cidade rumorejava com uma atividade frenética. E a bandeira das terras do sal tremulava ao lado da de Massaba nas torres. Então Sango Kerim notou um velho cão largado ali, infeliz por terem-no esquecido do lado de fora. Não dispondo de outra testemunha, disse ao pobre animal:

— Muito bem. Se é assim, agora é guerra.

E a guerra veio.

No palácio, como filho mais velho, Sako assumiu o lugar do pai. Chefe das tropas da cidade, Liboko cuidava da ligação com o acampamento de Kuam. Este instalara-se na colina mais ao sul com sua gente e seu exército. Emissários iam e vinham entre Massaba e o acampamento para avisar o príncipe das terras do sal dos últimos movimentos de Sango Kerim e verificar se não lhe faltava nada: água, comida, vinho ou feno para os animais.

Samília achava-se no telhado. No mesmo terraço onde o pai passara sua última noite. Dali via tudo: as quatro colinas do norte ocupadas por Sango Kerim; as três colinas do sul onde acampava o futuro esposo Kuam; a grande planície de Massaba, ao pé da muralha. E pensava em tudo o que sucedera na véspera: o retorno de Sango, a morte do pai, a disputa diante do catafalco, os dois homens prestes a guerrear por ela.

"Não quis nada", dizia consigo, "só fiz aceitar o que me foi oferecido. Meu pai falava-me de Kuam, e, antes mesmo de conhecê-lo, já o amava. Hoje meus irmãos preparam-se para uma batalha. Ninguém me pergunta nada. Fico aqui parada a contemplar as colinas. Sou uma Tsongor. É hora de manifestar minha vontade. Também lutarei. São dois a exigir-me como algo que lhes é devido. Não sou objeto de nenhuma dívida. Tenho vontade própria. Hei de manifestá-la com todas as minhas forças. E aquele que se opuser a minha escolha será meu inimigo. É guerra. O passado voltou até mim. Dei minha palavra a Sango Kerim. E de que vale isso? Sango Kerim não tem nada além de minha palavra, à qual se agarrou durante todos esses anos. Não pensou noutra coisa. É o único a acreditar em Samília, e tratam-no como um inimigo. Sim, é hora de manifestar minha vontade. A guerra já está em nossas portas".

A filha de Tsongor estava imersa nesses pensamentos quando as tropas de Sango Kerim desceram as colinas para postar-se na grande planície de Massaba. Eram longas colunas de homens marchando em formação de batalha. Desciam em tamanho número, que pareciam água humana a escorrer do alto das colinas. Uma vez na planície, os soldados dividiram-se, segundo os clãs, para esperar o inimigo.

Havia o exército dos sombras brancas, comandados por Bandiagara. Assim eram chamados por cobrir a cara de giz para a guerra.

No peito, nos braços e nas costas desenhavam arabescos assemelhando-se desse modo a serpentes de pele calcária.

À esquerda de Bandiagara, estavam os cabeças vermelhas, chefiados por Karavanath', o brutal. A cabeça raspada e pintada de vermelho mostrava sua obstinação em derramar o sangue inimigo. Usavam colares, pois os dias de guerra eram considerados dias de festa.

À direita de Bandiagara, estavam Rassamilagh e seu exército — uma multidão heterogênea de guerreiros montados em camelos. Provenientes de sete regiões distintas, todos tinham sua cor, suas armas e seus amuletos particulares. Os amplos panos de suas túnicas esvoaçavam ruidosamente ao vento. Rassamilagh fora eleito pelos demais chefes comandante desse exército que, em marcha sobre suas fleumáticas montarias, jogava de um lado para o outro como um navio. Dos guerreiros só se viam os olhos duramente fixos em Massaba.

À frente desses três exércitos reunidos, achava-se Sango Kerim e sua guarda pessoal — uma centena de homens que o seguia aonde fosse.

Assim se apresentava o exército nômade de Sango Kerim: um exército composto de tribos desconhecidas em Massaba, um exército díspar, vindo de longe, a lançar sob o sol opressivo estranhas maldições em direção à cidade.

Em reação, o exército de Kuam posicionou-se ao longo da muralha de Massaba. O príncipe das terras do sal pedira permissão a Sako para lutar sozinho com seu exército a primeira batalha. Dessa maneira, lavaria a afronta sofrida na véspera e provaria mais uma vez sua lealdade a Massaba.

Os cavaleiros da guarda de Kuam anunciaram com suas potentes trombetas de concha a chegada dos guerreiros das terras do sal.

Atrás de Kuam vinham três chefes. O primeiro era o velho Barnak, chefe dos comedores de *khat*. Seus subordinados tinham cabelos compridos, embaraçados, além de uma barba densa e eriçada. Sob efeito do *khat*, os olhos ficavam estriados de vermelho. Mergulhados nas visões da droga mascada, falavam sozinhos. Um vozario atordoante subia daquele exército poeirento e sujo. Pareciam uma multidão de mendigos queimando em febre. A selvageria típica desses guerreiros infundia temor nos adversários. O *khat* tirava-lhes a dor e o medo. Mesmo feridos, mesmo com um braço decepado, continuavam a lutar ferozmente, pois não sentiam mais a própria carne. Ali todos resmoneavam como um exército de sacerdotes dizendo suas preces violentas.

O segundo chefe era Tolorus, líder dos Surmas. Estes marchavam de peito nu, desafiando os golpes inimigos. Só traziam o rosto envolvido em panos. Não tinham medo de morrer, mas temiam ser desfigurados em combate. Segundo uma velha crença de seu país, os homens com as feições deformadas ou mutiladas por ferimentos estavam condenados à errância e, além da fisionomia, perdiam os bens e o nome.

O último chefe era Arkalas, a quem se subordinavam as cadelas guerreiras, homens fortes e corpulentos que costumavam enfeitar-se como mulheres para a luta. Pintavam de preto o contorno dos olhos e de vermelho os lábios. Punham brincos, braceletes e colares diversos. Assim acreditavam humilhar ainda mais o inimigo, pois ao matá-lo sussurravam-lhe: — Vê bem, covarde, és morto por uma mulher. — Na zona fronteiriça de Massaba, já ecoava o riso nervoso desses travestis armados de gládios e a lamber os beiços sequiosos de sangue.

Os exércitos já se encontravam em posição, frente a frente. E a cidade toda espremia-se sobre a muralha para contar os homens de cada lado e ver as armas e os trajes desses estranhos guerreiros vindos de longe. A cidade toda apertava-se ali para assistir ao choque brutal das tropas combatentes. As trombetas de Kuam silenciaram. Todos estavam prontos. O vento assobiava nas armaduras e fazia voar as vestes de longos panos.

Então Kuam avançou na planície até chegar a dez metros de Sango Kerim. Parou o cavalo bem diante do adversário e declarou:

— Vai embora, Sango Kerim, tenho pena de ti, volta ao lugar de onde vieste. Ainda está em tempo de escolher a vida. Se te obstinares, conhecerás a poeira da derrota.

Sango Kerim empertigou-se no cavalo e disse:

— Minha resposta a palavras que nem merecem consideração como as tuas é esta.

E cuspiu no chão.

— Tua mãe há de chorar ao saber do sofrimento que te infligirei — ameaçou Kuam.

— Não tenho mãe — escarneceu o outro —, mas logo terei uma esposa. Tu, infelizmente, só terás por companheira a hiena que lamberá teu cadáver.

Kuam virou bruscamente as costas a Sango Kerim e disse consigo: "Então morre." Voltou bufando de raiva para a frente de suas tropas. Aprumou-se no cavalo e começou a discursar com veemência aos homens e aliados sob seu comando. Gritou que fora ultrajado, por isso deviam perecer aqueles cães imundos. Gritou que queria casar-se coberto do sangue ainda quente do inimigo. Aos gritos do príncipe respondeu o estrondoso clamor dos exércitos das terras do sal. E Kuam ordenou o ataque. No mesmo instante, as tropas de ambos os lados puseram-se em movimento e investiram umas contra as outras. Foi um embate atroz. Cavalos, corpos, armas, camelos e panos confundiam-se na encarniçada batalha. Ouviam-se os relinchos dos cavalos, os risos dos travestis de Arkalas. Tudo se misturava — as cabeças vermelhas dos homens de Rassamilagh e as feridas abertas dos primeiros mortos. A poeira levantada colava-se ao rosto suado dos guerreiros.

Samília permanecia no telhado do palácio. Olhava silenciosa a massa indistinta dos guerreiros, com a expressão petrificada. A seus pés morriam homens. Não conseguia entender. Que Sango Kerim e Kuam duelassem ainda seria compreensível, ambos a desejavam. Mas os outros? Pensava no discurso de Katabolonga ao pé do caixão de Tsongor. Reconhecera na boca do portador as palavras do pai e não compreendia por que se calara. Bastaria ter proclamado que se submetia à vontade deste, que recusava qualquer dos dois pretendentes, e tudo teria terminado ali. Mas nada dissera. E os homens próximos à muralha caíam diante de seus olhos. Não sabia por que se calara. Por que os irmãos também não se pronunciaram? Todos queriam a guerra? Olhava o campo de batalha, aterrorizada com o que fizera acontecer. A guerra desenrolava-se a seus pés e trazia seu nome. Aquela bárbara matança tinha seu rosto. Em voz baixa insultava a si mesma. Culpava-se de não ter feito nada para impedir aquilo.

Com o decorrer do dia, as pedras ao longo do caminho iam aquecendo ao sol. E Suba adentrava cada vez mais as terras do reino, longe de Massaba e seu rumor sangrento. Suba avançava sem saber aonde ia.

Imperceptivelmente a paisagem fora mudando. As colinas desapareceram. Uma imensa planície de vegetação selvagem estendia-se a perder de vista. Quanto mais avançava, entretanto, Suba descobria à beira do caminho sinais da presença do homem. Notou primeiro muretas, depois campos cultivados e, por fim, algumas pessoas naquelas paisagens infinitas. Via suas figuras curvadas para trabalhar a terra, todos empenhados em suas tarefas. De repente ouviu-se um grito. Um grito agudo de mulher. Ao levantar-se, uma camponesa avistara o burro, o cavaleiro, o véu de luto, e gritara em lamentação. Suba estremeceu. Por toda parte surgiam cabeças de camponeses espantados. Por alguns instantes, fez-se total silêncio. Só se escutava o ruído nítido dos cascos nas pedras da estrada. Os homens e as mulheres abandonaram suas ferramentas e foram chegando perto. Comprimiam-se à beira da estrada para ver passar o cavaleiro enlutado. E Suba fez com a mão o gesto sagrado dos reis, o mesmo que o pai fazia para saudar a multidão. Só aos membros da família real era permitido aquele desenho lento e solene dos dedos no ar. À tal saudação respondeu um coro de gritos. As mulheres começaram a chorar, bater no próprio rosto, torcer as mãos. Os homens baixaram a cabeça e murmuraram a oração dos mortos. Por aquele simples gesto, compreenderam que o mensageiro vinha de Massaba, do palácio de Tsongor, e que anunciava a morte do soberano. Suba seguiu em frente, agora escoltado pelos camponeses. Não se virou, mas podia ouvi-los atrás de si. E sorriu. Apesar da tristeza, sorriu. Estranhamente satisfeito com aquelas reações. Satisfeito de provocar por toda parte os gritos do povo. A própria terra devia gritar também. Que ninguém mais ignorasse a morte de Tsongor. Que todo o império parasse. Sim, queria transmitir a dor ao coração dos homens por quem passasse, a mesma dor que trazia no seu. Não deviam mais trabalhar. Não devia mais haver fome nem campos a cultivar. Só devia existir um véu negro a cavalo. E a necessidade de chorar. A fileira atrás dele crescia, e com ela o orgulho do filho de luto. Sorrindo, Suba atravessava os vilarejos. Todo o império não tardaria a chorar. A notícia já começava a anteceder o príncipe, a espalhar-se. Logo se ouviria o vasto lamento de um continente inteiro. Suba sorria. O véu negro estalava-lhe aos ouvidos. As carpideiras carpiam seu pranto. O rei Tsongor precisava ser chorado. E assim o era de um extremo a outro do reino. Que deixem passar o mensageiro, em seu passo lento e regular, de uma ponta a outra do reino. Que o deixem passar compartilhando de seu sofrimento.

Em Massaba, os combates duraram o dia inteiro. Foram dez horas de luta ininterrupta. Dez horas em que se acumularam corpos sem vida. Tanto Kuam quanto Sango Kerim esperavam uma vitória rápida. Romper a linha de frente, forçar a retirada do inimigo, persegui-lo até este se render. Mas, diante da resistência do adversário, com o tempo tiveram de instalar-se na guerra: alternar os homens na frente de batalha, para que pudessem descansar; de lá remover os feridos e voltar a combater, com a baba no canto da boca e os músculos extenuados pelo esforço. Mas nenhum lado parecia vencer. Os dois exércitos ainda se enfrentavam, como dois valentes carneiros, cansados demais para continuar marrando o outro, porém incapazes de ceder terreno.

Quando o sol enfim se pôs e os combates foram interrompidos, cada um dos exércitos se achava no mesmo ponto em que começara a luta. Nenhum recuara ou avançara. Os mortos amontoavam-se sob a muralha de Massaba. Um imenso campo de corpos indistintos, armas quebradas e tecidos coloridos. Tolorus, o velho companheiro de Kuam, estava morto. Era conhecido por lutar com raiva, pisoteando os adversários, assustando-os com seus gritos, e assim fizera ao avançar furioso pela floresta de lanças dos cabeças vermelhas de Karavanath'. Atacara como um demônio, semeando terror e pânico, até Rassamilagh avistá-lo e picar fortemente o camelo com as esporas. A investida do animal foi violenta. Pisoteou vários corpos em seu caminho. Quando Rassamilagh alcançou Tolorus, decapitou-o com seu gládio num golpe seco. Exibindo uma expressão de espanto, a cabeça rolou até os pés de seus homens, parecia lamentar a vida que lhe tiravam tão brutalmente.

Karavanath', por sua vez, queria matar Kuam a qualquer preço. Marchava na direção dele, incitando seus comandados, falando da glória reservada a quem aniquilasse o príncipe das terras do sal. Mas não chegou até Kuam. Em seu caminho encontrou Arkalas, chefe das cadelas guerreiras. Mal teve tempo de identificar o inimigo. Ouviu um tilintar de jóias, uivos de alegria, e logo foi derrubado pelo inimigo que lhe cravou os dentes no pescoço. Arkalas tirou a vida de Karavanath' rasgando-lhe a jugular. A vítima teve alguns espasmos e ainda pôde ouvir seu algoz sussurrar:

— Foste morto por uma bela mulher.

A todos os corpos de guerreiros mortos juntavam-se, num acervo pútrido, os cadáveres de cavalos e de inúmeros cães de guerra que se dilaceraram mutuamente e agora jaziam ali, enrijecidos. Quando cessaram os combates, os dois exércitos voltaram às colinas, esgotados, cobertos de sangue e suor. Era como se tivessem parido um terceiro exército, imóvel e de bruços, a beijar a terra fria. Após dez sangrentas horas, lá estava aquele exército natimorto na poeira da planície ao pé de Massaba, onde permaneceria para sempre.

MAL DEIXARA o campo de batalha, Kuam fez-se anunciar no palácio, com o corpo ainda quente do esforço exigido em combate. Queria planejar com os filhos de Tsongor uma estratégia para vencer Sango Kerim no dia seguinte. Nos corredores do palácio, encontrou Samília. Esta lhe pediu que a acompanhasse, e o príncipe imaginou que o esperava uma refeição, um banho ou qualquer outra coisa para aliviar seu cansaço. Mas a filha de Tsongor conduziu-o a uma pequena sala. Ali não havia banheira nem mesa posta. Não havia sequer uma bacia onde pudesse lavar o rosto e as mãos. Samília virou-se para ele, e o olhar da moça preocupou-o. Percebeu então as provas ainda por vir.

— Kuam — disse ela —, preciso falar-vos.

Ele assentiu com a cabeça.

— Sabeis quem sou, Kuam? — perguntou-lhe.

Ele permaneceu em silêncio.

— Conheceis Samília? — insistiu.

— Não — retrucou o príncipe.

Queria ter dito que isso não importava, que não precisava conhecê-la para amá-la. No entanto, calou-se.

— Mas não deixais de lutar por mim — salientou ela.

— Aonde quereis chegar? — indagou Kuam, e a irritação em sua voz não passou despercebida a Samília. Com toda a calma, ela olhou para ele.

— Direi-vos agora.

Kuam teve certeza então de que ouviria algo desagradável, mas só lhe restava esperar as palavras de Samília.

— Quando meu pai me falou de vós pela primeira vez, Kuam, escutei-o, fascinada, contar quem era o príncipe das terras do sal, narrar a história de vossa linhagem. Tsongor enumerou as maravilhas de vosso reino, e fui logo seduzida pelo retrato que fez de vós. O casamento foi decidido. Ansiava conhecer-vos, nem a dor de ter em breve de deixar minha família demovia-me desse desejo. Na véspera de vossa vinda, contudo, meu pai me comunicou o retorno de Sango Kerim e o motivo de sua presença entre nós. Não vos farei a injúria de falar de um homem contra o qual lutais e que deveis odiar com toda a veemência possível. Sabeis ao menos que ele disse a verdade. Crescemos juntos. Tenho dele mil lembranças, recordo-me de inúmeras brincadeiras e segredos nossos. Até onde chega minha memória, lembro-me dele a meu lado. No dia de sua partida, só a mim explicou por que ia embora. Nada possuía. Por isso partiu. Queria correr o mundo, conquistar o que lhe faltava. Glória. Terras. Um reino. Aliados. Depois voltar a Massaba, apresentar-se novamente a meu pai, para pedir a mão de sua filha. Juramos isso um ao outro. Sorrides, é claro, e tendes razão, Kuam. Afinal, juras de criança todos fizemos. São juras risíveis, destinadas ao esquecimento. Mas tornam-se assustadoras quando ressurgem de repente em nossa vida, com a autoridade do passado. O juramento de Sango e Samília. Riríeis dele como ristes agora, se Sango Kerim não estivesse hoje ao pé da muralha de Massaba.

Kuam quis falar, mas Samília fez um gesto pedindo-lhe silêncio e continuou.

— Já sei, o passado que ressurge assim tão brutalmente, direis vós, para exigir o que lhe é devido, é um pesadelo, mas certos pesadelos podem ser afastados. Como vos empenhais em fazer com vossos exércitos nesta guerra. Afastando Sango Kerim, a vida seria retomada, sei muito bem. Pensei nisso. Mas como posso ser fiel pertencendo a vós? Sango Kerim é parte de minha vida. Se permaneço a vosso lado, traio minha palavra e meu passado. Kuam, Sango Kerim sabe quem sou. Conhecia meu pai. Sabe segredos de meus irmãos que eu mesma ignoro. Se me entrego a vós, Kuam, torno-me estranha a minha própria vida.

Estupefato, Kuam escutava aquela mulher e descobria que gostava de sua voz, do modo como se exprimia e admirava sua selvagem determinação. O príncipe só foi capaz de murmurar:

— E a fidelidade ao desejo de vosso pai?

Mal pronunciou essa frase, sentiu o quanto era fraco seu argumento.

— Pensei nisso, claro. E teria respeitado sua vontade, se meu pai tivesse manifestado uma. Mas preferiu morrer a ter de decidir. Deixou a responsabilidade para mim. E já tomei uma decisão. Parto esta noite. Sois o único a saber. Não direis nada. Não me retereis. Tenho certeza. E faço-vos esse pedido. Vou procurar Sango Kerim, e tudo pode acabar amanhã. Chamai de volta vosso exército, retornai a vossas terras. Não houve ofensa. A vida caçoou de todos nós, nada mais. Não há por que lutar contra isso.

À medida que falava, Samília ficava cada vez mais doce e serena. Já Kuam se irritava cada vez mais. Quando ela se calou, ele explodiu.

— É tarde demais para isso, Samília. Hoje foi profunda a sangria. E meu amigo Tolorus foi morto. Entre minhas mãos exauridas, recolhi sua cabeça decepada e pisoteada pelos cavalos. Hoje sofri gravíssima afronta. Não. Não irei embora. Não vos entregarei ao passado. Estamos ligados, Samília. Contra o juramento da infância invoco a promessa que fizestes de casar comigo. Estamos ligados e não mais vos deixarei em paz.

— Parto hoje à noite — repetiu a filha de Tsongor — e é como se morresse para vós. Não duvideis disso.

Afastou-se e caminhou em direção à porta. Kuam, porém, gritou de raiva.

— Não tenhais ilusões. Daqui por diante estareis do outro lado. Que seja. Lutarei essa guerra, tratarei de encontrar-vos. Aniquilarei as linhas de batalha do desgraçado, degolarei seus amigos e arrastarei o corpo dele atrás de mim para que compreendais que ganhei a filha de Tsongor. Essa é a guerra agora. Hei de levá-la até o fim.

Samília virou para trás uma última vez e disse em voz baixa, como se cuspisse no chão:

— Se é isso que desejais, muito bem.

Em seguida retirou-se cerrando os punhos. Kuam jamais lhe parecera tão bonito. Jamais sentira tamanha vontade de ser sua. Acreditava em tudo que dissera a ele. Preparara aquele discurso, pesara cada argumento. Queria ser fiel. Acreditava nisso. Enquanto falava, porém, era dominada por sentimento que desmentia cada palavra sua e não podia reprimir. Revia o príncipe tal qual o vira da primeira vez. Como uma promessa de vida. Conseguira dizer tudo o que pretendia sem fraquejar. Resistira, embora já admitisse a si mesma amá-lo.

Samília retirou-se jurando esquecê-lo. No entanto, já pressentia que, quanto mais procurasse distanciar-se, mais ele a obsedaria.

NA SALA DO TRONO, estourara uma terrível disputa entre Sako e Danga. Desde a morte do pai, Sako agia como se fosse rei, e isso exasperava Danga. Além disso, a guerra também exacerbara a tensão entre os gêmeos. Danga era muito ligado a Sango Kerim, indignava-o ver o irmão tomar o partido de um estrangeiro contra o amigo de infância de ambos.

Passara o dia sobre a muralha da cidade acompanhando os combates. Quando estes foram suspensos, irrompeu na sala do trono. Lá achou o irmão, calmo e vestido com os trajes do soberano. Isso só aumentou sua raiva.

— Sako, não podemos mais apoiar Kuam — declarou.

— O que dizes? — perguntou Sako, embora tivesse ouvido perfeitamente.

— Digo — repetiu Danga — que por tua culpa estamos apoiando Kuam e cometendo uma injustiça. Sango Kerim é nosso amigo. É a ele que devemos lealdade.

— Sango Kerim pode ser nosso amigo — principiou Sako, a quem semelhante *tête-à-tête* agastava ao extremo — mas nos ofendeu vindo perturbar o casamento de nossa irmã.

— Se não queres apoiar Sango Kerim — insistiu Danga —, deixemos os dois resolverem entre eles essa disputa. Que se enfrentem num duelo e vença o melhor.

— Seria desonroso — afirmou Sako com desprezo. — Devemos a Kuam ajuda e hospitalidade.

— Não pegarei em armas contra Sango Kerim — atalhou Danga.

Sako ficou mudo. Estava pálido, parecia ter sofrido a mais humilhante das injúrias. Olhava bem nos olhos do irmão.

— Agradeço-te tua opinião, Danga — disse de maneira hipócrita. — Podes retirar-te.

Irado, Danga pôs-se a berrar.

— Com que autoridade assumes esses ares de rei? A divisão do reino ainda não foi feita. Arrastas Massaba inteira contigo. Com que direito?

Mais uma vez, Sako não se apressou em responder, observando com frieza o rosto tenso do irmão.

— Nasci duas horas antes de ti. Isso basta para que eu seja rei.

Danga explodiu de raiva. Nada permitia a Sako outorgar-se o poder daquela maneira, gritava ele. Os dois voaram um sobre o outro, engalfinharam-se rolando pelo chão, confundindo seus corpos como animais em luta. Quando enfim os apartaram, Danga, deixou a sala, descabelado, com a túnica rasgada, enxugando o sangue da boca ferida.

Uma vez em seus aposentos, ordenou que arrumassem seus pertences e que sua guarda pessoal se preparasse para partir em sigilo. Dadas essas ordens, procurou a irmã para se despedir. Encontrou-a no momento em que saía da sala onde acabara de falar a Kuam. Danga anunciou-lhe sua partida. Ela estava tão triste quanto ele.

— Vou contigo — disse simplesmente.

Na noite escura de Massaba, Danga e sua escolta de cinco mil homens deixaram a cidade. Julgando tratar-se de manobra noturna, as sentinelas da muralha abriram as portas desejando boa sorte aos rebeldes. A sangria do clã Tsongor tinha começado. E em seu túmulo solitário o velho rei soltou um longo gemido, só testemunhado pelas pilastras dos porões do palácio.

No alto das colinas, no acampamento do exército nômade, viram espantados chegar a tropa de Danga. Os homens de guarda a princípio imaginaram estar sob ataque. Mas Danga pediu que o levassem até Sango Kerim, a quem explicou as razões de sua presença. Quando a notícia circulou, um imenso grito de alegria sacudiu o acampamento. Samília então desceu do cavalo e foi até seu primeiro pretendente. Sango ficou lívido. Ela estava ali, bem diante dele, não podia acreditar.

— Não sorrias — advertiu-o —, tens diante de ti a infelicidade. Se me ofereceres a hospitalidade de teu acampamento, não haverá mais trégua. A guerra será feroz. E Kuam, como um javali enfurecido, não descansará enquanto não dilacerar teu ventre e arrancar tuas entranhas. Ele mesmo me disse. Não duvides de sua ameaça. Apresento-me a ti e peço-te hospitalidade, mas não serei tua mulher. Não antes do fim dessa guerra. Permanecerei aqui. Dividirei contigo esses dias funestos. Zelarei por ti, mas não me terás antes de cessarem definitivamente todos os combates. Como vês, Sango Kerim, a infelicidade apresenta-se a ti e pede tua hospitalidade. Podes mandar-me embora. Não haveria nada de vergonhoso nisso. Seria, ao contrário, gesto digno de um grande rei, pois assim salvarias a vida de milhares de homens.

Sango Kerim ajoelhou-se e beijou o chão entre ambos. Em seguida, olhando aquela mulher com o desejo que sobrevivera de esperança por tantos anos, disse:

— Esse acampamento é teu. Reinarás aqui como teu pai em Massaba. Ofereço-te meu exército, meu corpo e cada um de meus pensamentos. E se te chamas infelicidade, então quero abraçar a infelicidade e não viver senão dela.

No gigantesco acampamento do exército nômade, os homens acotovelavam-se tentando ver aquela por quem a guerra fora declarada. Sango Kerim apresentou-a a Rassamilagh e a Bandiagara, depois a conduziu à enorme tenda onde as mulheres tuaregues de Rassamilagh, cobertas de véus, prepararam-lhe comida e, com mãos perfumadas, massagearam seu corpo para que adormecesse.

Felizes pelo inesperado reforço, os homens do acampamento puseram-se a entoar canções de seus longínquos países. Fragmentos desse canto, levados pelo vento morno da noite, chegavam até Massaba. As sentinelas na muralha erguiam a cabeça esticando o pesçoco e escutavam aquela música que lhes parecia bela. Só então a notícia alcançou o palácio. Tramon, chefe da guarda especial, interrompeu a reunião do conselho, esbaforido. Sako, Liboko e Kuam, surpreendidos em plena discussão, viraram-se para ele ao mesmo tempo.

— Danga juntou-se ao inimigo — disse arfando, para em seguida acrescentar — com cinco mil homens. E Samília.

Contrariando a expectativa de todos, Sako não gritou furibundo, nem esmurrou a mesa. Para a surpresa geral, permaneceu calmo e previu:

— Dessa vez morreremos todos. Nós, eles. Não sobrará ninguém.

O filho mais velho de Tsongor pediu os mapas da cidade, a fim de estudar a eventualidade de um cerco. Quando abriram diante dele o plano de Massaba, ficou parado alguns instantes. Sentia que a cidade construída pelo pai, a querida cidade onde nascera, queimaria. Tsongor concebera o projeto e supervisionara as obras de construção. Erguera e administrara Massaba. Sako intuía naquele momento a tarefa a ele reservada: lutar inutilmente contra sua destruição.

NA SALA DO CATAFALCO, o corpo do rei começou a mexer. Katabolonga sabia o significado daquela manifestação: Tsongor estava presente ali e queria falar. Segurou a mão do cadáver e debruçou-se sobre ele para escutar suas palavras.

— Diz, Katabolonga, que não é verdade. Estou no país sem luz. Como um cão medroso, rondo a barca daquele que faz a travessia sem ousar aproximar-me, pois não tenho nada para pagar minha passagem. Vislumbro ao longe a outra margem, onde as almas se aliviam de seus tormentos. Diz, Katabolonga, que não é verdade.

— Fala, Tsongor — exortou o velho servidor em tom sereno e receptivo. — Fala e responderei.

— Hoje vi uma imensa multidão — continuou o morto. — Saíam da sombra e dirigiam-se lentamente até a barca no rio. Eram guerreiros selvagens. Observei suas insígnias, o que restava delas. Reparei em seus rostos. Mas não reconheci ninguém. Diz, Katabolonga, que se trata de um exército de saqueadores interceptado pelas tropas de Massaba em algum ponto do reino. Ou de guerreiros desconhecidos que vieram morrer ao pé de nossa muralha por razões ignoradas. Diz, Katabolonga, que não é verdade.

— Não, Tsongor. Não é uma horda de saqueadores nem um exército de agonizantes que vieram parar em nossas terras. São os mortos da primeira batalha de Massaba. Viste passar as primeiras vítimas de Kuam e Sango Kerim, misturadas umas às outras nessa interminável fileira de miseráveis.

— Então não consegui evitar a guerra — lamentou o rei. — Minha morte de nada serviu. A não ser me tirar do combate. Meus filhos e os habitantes de Massaba devem julgar-me um covarde.

— Falei a todos como me pediste — assegurou Katabolonga. — Mas não pude impedir a guerra.

— Sim — disse o rei. — Vi a guerra nos olhos das sombras que passavam. Senti nelas sua presença. Apesar dos ferimentos, apesar da morte, ainda queriam lutar. Vi tais sombras marcharem a passos lentos desafiando-se reciprocamente, como cães salivantes, loucos para avançar uns nos outros. A guerra estava em todas elas, até mesmo nas almas dos meus.

— Sim, Tsongor, até mesmo nas almas dos teus.

— Nos olhos de meus filhos. Nos de meus amigos. E nos de todo o meu povo. Lá está a beligerância.

— Sim, Tsongor, nos olhos de cada um deles sem exceção.

— Fracassei em tudo, Katabolonga. E essa é minha punição: a cada dia, verei os guerreiros mortos em combate. Contemplarei cada um deles tentando reconhecê-los. Contarei quantos forem morrendo. Eis meu castigo. Todos desfilarão por mim, horrorizado por essas legiões que dia após dia virão povoar o país dos mortos.

— E assim tua cidade há de esvaziar-se. Também contaremos os mortos a cada dia para ver quem de nossos amigos não está mais entre nós, quem devemos chorar.

— É a guerra — suspirou Tsongor.

— Sim, é a guerra brilhando nos olhos dos combatentes — repetiu Katabolonga.

— E não consegui impedi-la — completou Tsongor.

— Não, Tsongor — disse Katabolonga —, nem sacrificando tua própria vida.

Capítulo IV
O cerco de Massaba

NA MANHÃ DO SEGUNDO DIA, a guerra recomeçou, bem como o lamento da terra devastada. Os homens de Sango Kerim estavam prontos para lutar desde a aurora. Sentiam a sorte a seu favor, até mesmo no vento a soprar-lhes suavemente no rosto. Nada poderia detê-los, eram o rude exército de estrangeiros vindos dos quatro cantos do continente para derrubar as altas torres da cidadela.

Em Massaba, Sako e Liboko juntaram-se ao jovem Kuam. Os dois exércitos — o das terras do sal, com Barnak, Arkalas e Kuam, e o de Massaba — marchavam lado a lado. Tramon chefiava a guarda especial. Liboko estava à frente dos soldados brancos e vermelhos. Gonomor liderava os homens-samambaias, não passavam de uma centena, recobertos de folhas de bananeira da cabeça aos pés, com um pesado colar de conchas e na mão uma enorme clava, que só eles conseguiam erguer e costumava esmagar o crânio dos inimigos fazendo um terrível barulho de pilão.

Os dois exércitos enfrentavam-se na planície de Massaba. Antes de ser dado o sinal para atacar, Bandiagara apeou do cavalo. O aliado de Sango Kerim pertencia a uma linhagem na qual cada homem era depositário de um malefício, um único malefício transmitido de pai para filho. E julgou chegada a hora de invocar os espíritos de seus antepassados e atingir o exército inimigo com esse nefasto sortilégio. Ajoelhou-se e derramou na terra licor de baobá. Impregnou o rosto dessa mistura repetindo constantemente: "Somos os incorruptíveis filhos do baobá, pois fomos alimentados pelas raízes ácidas de nossos antepassados, somos os incorruptíveis filhos do baobá..." Em seguida, curvou-se colando o ouvido no chão para escutar o que seus antepassados tinham a dizer. Revelaram-lhe a palavra impronunciável a ser escrita no ar a fim de que se realizasse o malefício. Depois disso, montou novamente no cavalo, e Sango Kerim ordenou o ataque.

O exército nômade vinha como um enxame assassino na direção das linhas adversárias. Os exércitos de Kuam e Sako esperavam plantados em suas posições. Todos aguardavam sem se mexer, empunhando seus escudos, prontos para receber o impacto. Ao avistar essa massa de lanças e espadas aproximando-se, rogaram à terra que zelasse por suas almas. O choque foi tremendo. A arremetida dos animais derrubou homens e rachou escudos. Foram engolidos sob os cascos das montarias. Eram pisados pelos inimigos que se precipitavam sobre eles como uma onda impossível de conter. Muitos pereceram assim, asfixiados, esmagados sob o peso do adversário, atropelados por bigas que investiam contra as linhas a toda velocidade. O ataque avassalador de Sango Kerim e seus aliados atingiu os exércitos de Massaba como um golpe certeiro de clava. Não puderam senão recuar diante do ímpeto inimigo. Então começou o imundo corpo-a-corpo dos guerreiros que retalham, estripam ou degolam o oponente. Por toda parte morriam homens de Kuam e Sako. E o medo tomou conta dos exércitos de ambos. A visão do ataque que os destroçara infundiu-lhes grande temor. Já não mostravam a mesma confiança em combate, o corpo hesitava. Olhavam-se em busca de apoio, enquanto o exército nômade continuava a avançar com incrível furor. Só os mascadores de *khat* lutavam com bravura. Sob efeito da droga, nada temiam, só tratavam de distribuir golpes.

As cadelas guerreiras de Arkalas combatiam enraivecidas, mas um sinistro destino esperava-as. Bandiagara olhou para todos aqueles homens travestidos que lhe davam asco e desenhou no ar a palavra secreta. Subitamente, toldou-se-lhes a razão, passaram a ver nos próprios companheiros um inimigo a exterminar. As cadelas então se atracaram, deixando ilesos os verdadeiros oponentes. Foi o trágico espetáculo de um exército dilacerando a si mesmo. Penteados e adornados, os homens de Arkalas mordiam-se e riam de demência enquanto se matavam. Alguns ainda dançavam sobre o corpo de um amigo de infância. Como um ogro ensandecido, o próprio Arkalas procurava alguém de seu clã para rasgar-lhe o ventre e beber-lhe o sangue. Quando o resto do exército percebeu que os guerreiros de Arkalas não só pararam de lutar, mas também passaram a mutilar-se uns aos outros, o pânico alastrou-se por todo o *front*. As fileiras dispersaram-se, todos debandaram para escapar à morte. Os gritos irados de Kuam não conseguiam impedir a debandada. Cada um só pensava em salvar-se. Os cavaleiros picaram suas montarias. Os guerreiros atiraram no chão seus escudos e suas armas para correr mais depressa. Fugiam todos para Massaba em busca de abrigo. Tramon foi morto. Durante a fuga, Sango Kerim fincou-lhe a lança nas costas fazendo-o cair com a arma cravada na medula.

O exército desbaratou-se, pressionado pelos gládios inimigos que perseguiam e trucidavam os mais lentos. Só Arkalas, guerreiro monstruoso, desvirtuado, ainda lutava. Matou o último de seus próprios companheiros arrebentando-lhe a nuca com a clava. Nesse momento, o malefício de Bandiagara dissipou-se e Arkalas recobrou o juízo. Viu a seus pés dezenas de homens conhecidos dele. Estava sobre uma pilha de corpos, e o sangue em sua cara tinha o gosto familiar dos seus. Teria permanecido ali, balançando a cabeça incrédulo, transido de horror e desolação, o rosto banhado em lágrimas, se Gonomor não o levasse com ele para Massaba, escoltados pelos homens-samambaias.

Quando o último fugitivo entrou na cidade e o descomunal batente da porta foi fechado, um imenso clamor de alegria ressoou na planície. A metade dos homens de Massaba fora massacrada. Do lado de dentro da fortificação, ninguém falava. Os guerreiros recuperavam fôlego. E quando conseguiram respirar normalmente, começaram a chorar em silêncio. A cabeça, as mãos, as pernas tremiam como treme o corpo dos vencidos.

No pânico da fuga, as forças de Kuam abandonaram o acampamento nas colinas ao sul de Massaba. Com desgosto, viram do alto da muralha os cavaleiros de Rassamilagh contornando a cidade e apoderando-se de suas tendas, de seus víveres e de seus animais. Tudo estava perdido. Não havia mais nada a fazer. Urros de comemoração chegaram-lhes de lá aumentando seu desalento. Arkalas inspirava pena. Deambulava perto da muralha repetindo em voz baixa o nome dos seus. Volta e meia gritava de dor e arranhava a própria pele amaldiçoando o céu. Vomitava à simples lembrança do que fizera. Batia a cabeça contra a parede berrando.

— Bandiagara, prepara-te para sofrer. Hás de implorar para morrer quando estiveres entre minhas mãos. Daqui por diante, que o céu faça de mim o pior flagelo de meus inimigos. Que eu seja aquele que não mais teme os golpes e nunca recua.

Um profundo torpor abatia Massaba. O peso do desastre sufocava os ânimos. Os homens não queriam mais nada, não tinham mais forças. Teriam permanecido apáticos em sua desesperança, se Barnak, o velho mascador de *khat*, não se levantasse e os tirasse daquele estado. Falou de tudo o que restava fazer. Do tempo precioso que corria e da necessidade de organizar-se para os combates do dia seguinte. Então, graças ao ímpeto do velho Barnak, com seus olhos de drogado, a cidade de Massaba acordou e preparou-se para o cerco. Todos participaram da preparação. Homens e mulheres vararam a noite trabalhando. As portas foram reforçadas, as fendas na muralha foram preenchidas. Planejaram o racionamento. Nos extensos porões do palácio, puseram as reservas de alimentos: trigo, cevada, jarras de óleo, farinha. Os porões das casas foram transformados em reservatórios de água. A cidade inteira ganhava o aspecto de uma fortaleza. Nas ruas ouviam-se constantemente o tinir das armas e o martelar dos cascos na pavimentação. Preparavam-se para um longo cerco, que cavaria o rosto dos habitantes e assolaria Massaba.

Naquela noite, depois da incursão de Rassamilagh nas colinas do sul, formaram um conselho no acampamento dos nômades. Distribuíram o produto da pilhagem e, quando Sango Kerim, Danga e Bandiagara bebiam uma suave aguardente de mirta do deserto, Rassamilagh ergueu-se e declarou:

— Sango Kerim, a boa aguardente que bebes celebra a vitória de hoje, e abençôo este dia em que estraçalhamos as linhas inimigas. Agora precisamos decidir o que faremos amanhã. A esse respeito darei minha opinião sem rodeios. Pensei muito e sugiro levantar acampamento, deixar este reino. Conseguimos o que queríamos. Humilhamos o adversário em combate. Obtiveste a mulher que vieras buscar. Não há mais nada a esperar dessa guerra.

Bandiagara pulou de onde estava e repeliu indignado a proposta de Rassamilagh:

— Como podes dizer isso? Que tipo de guerreiro és para renunciar ao ganho quando vences? Massaba é nossa. O prêmio pela vitória nos aguarda. Quanto a mim, espero o dia de receber minha recompensa das mãos de Sango Kerim. E tudo farei para que esse dia seja amanhã.

— Ele tem razão — concordou Danga. — O mais difícil ficou para trás. Só nos falta invadir e ocupar Massaba. Hei de abrir-vos as portas da cidade com minhas próprias mãos.

— Não luto por ganhos dessa natureza — retomou Rassamilagh —, luto porque Sango Kerim pediu minha ajuda. Seu intento era buscar uma mulher a ele prometida. Essa mulher está agora entre nós. Não vim aqui para tomar uma cidade. Começa outra guerra neste momento. Não sei o que podemos esperar dela.

— O poder — respondeu Danga com frieza.

Rassamilagh fitou Danga por algum tempo, sem ódio, porém mantendo distância.

— Não te conheço, Danga — disse afinal. — Somos aliados em virtude da amizade de ambos por Sango, mas não luto em teu nome. Pouco me importa quem reinará em Massaba, se serás tu ou teu irmão. Não esqueças, Danga. Nada faço por ti.

Nessa hora Sango interveio:

— Seria deplorável, Rassamilagh, partir esta noite como um ladrão levando a mulher que vim buscar. Ela é filha do rei Tsongor. Quero oferecer-lhe por dote não os caminhos nômades do deserto, mas sua cidade reconquistada. Ela não saberia viver noutro lugar. Seu pai haveria de amaldiçoar-me em sua morte, se soubesse que fiz de sua herdeira uma errante. Essa cidade é nossa. Não haverá vitória sem a conquista de Massaba.

— Disse o que tinha a dizer e não me arrependo de ter falado — retrucou Rassamilagh. — Nenhum de vossos argumentos me convence. Reconheço em vossas palavras o gosto desmedido pela vitória. Mas, como sou o único a pensar em partir, não tenhais receio: permanecerei a vosso lado, Rassamilagh não é covarde. Apenas lembrai esta noite na qual tudo poderia ter acabado e rogai para nunca lamentarmos seu doce aroma de mirta.

E ASSIM A GUERRA se prolongou. Na manhã seguinte, os exércitos nômades apresentaram-se outra vez na planície. Os homens de Massaba aglomeravam-se no alto da muralha. Tinham preparado caldeirões de óleo e acumulado pedras para rechaçar o inimigo.

Quando Sango Kerim ia dar o sinal de ataque, ouviu-se um grito vindo da multidão de guerreiros.

— Os cinéreos... Os cinéreos...!

Todos se viraram. Uma tropa chegava à colina mais afastada. Era Órios à frente dos cinéreos, povo selvagem, que vivia nas altas montanhas de Krassos. O chefe cinéreo prometera o concurso de suas forças a Sango Kerim, mas nunca apareceram. Formavam um temível exército de dois mil homens. Sango sorriu e aprumou-se para saudar Órios. Contudo, à medida que os cavaleiros cinéreos se aproximavam, um murmúrio de espanto disseminou-se pelas fileiras nômades. Diante deles, surgiu não o grande exército de Órios, mas um bando de homens empoeirados, uma centena deles, se tanto. Tinham o rosto encovado e as armas já sem gume. Eram uma pequena tropa de cavaleiros atarantados. Órios avançou até Sango Kerim e disse:

— Eu te saúdo, Sango Kerim. Não me olhes desse jeito. Não esperavas esse punhado de homens, bem sei. Se quiseres e os deuses permitirem, contarei a ti as provações por que passamos para vir até aqui. Fica sabendo apenas que deixei as montanhas de Krassos encabeçando a totalidade de meu exército, do qual só restaram estes guerreiros. Mas os que vês aqui enfrentaram tantos combates, resistiram a tantas privações e dores para chegar a esta planície, que nada mais os deterá. Cada um deles vale cem dos teus.

— Eu te saúdo, Órios, a ti e a cada um de teus guerreiros. Escutarei com avidez o relato de vossas provações quando tivermos arrasado Massaba. Por ora, ide para o acampamento, descansai. Fazei pastar vossos cavalos. Esperai nossa volta do combate ao cair da tarde. Beberemos juntos o vinho dos irmãos, e lavarei teus pés feridos pelas terras que atravessaste, como forma de agradecer-te por tua fidelidade.

— Não atravessei um continente inteiro — indignou-se Órios — para ir dormir enquanto vós lutais. Esses cem homens, já te disse, viraram feras selvagens que nada mais cansa. Mostra-nos a muralha a ser derrubada, chegou nossa hora de lutar.

Sango Kerim aquiesceu e posicionou a tropa cinérea a seu lado. Acompanhado do novo reforço, precipitou-se através da planície, trazendo consigo milhares de guerreiros que faziam sumir a terra sob seus pés.

O grosso da tropa chocou-se contra as portas centrais na esperança de fazê-las ceder. Enquanto isso, Danga, o único a de fato conhecer a cidade, tentava penetrar pela velha porta da torre. Tudo parecia favorecer as forças nômades. Enquanto os combatentes de Massaba concentravam-se a leste para tentar conter o assalto inimigo, Danga e sua guarda pessoal arrombaram sem dificuldade a madeira carcomida da porta da torre. E nas primeiras ruas da cidade começaram os combates. A notícia da invasão logo chegou a Kuam e Sako. Ambos dispunham de poucos homens para reagir a esse ataque. Desguarnecer a muralha era arriscar-se a ser engolido pelo adversário. Ordenaram então ao velho Barnak e a seus guerreiros drogados que enfrentassem Danga sozinhos. Aos mascadores de *khat* juntou-se um endemoninhado Arkalas, tomado pela ira desde o fim da trégua noturna.

A batalha foi medonha e durou o dia todo. Ao ímpeto febril de Danga, Arkalas e Barnak opunham uma resistência tenaz. O muro por eles constituído parecia intransponível. Danga enfurecia-se. O palácio estava ali, a menos de quinhentos metros. Podia vê-lo. Bastava ultrapassar aquele punhado de homens para tomar a cidade do irmão. Mas nada conseguia. Arkalas lutava como um demente. Repreendia os inimigos, provocava-os. Vinha buscá-los quando hesitavam em atacar. O velho Barnak, embriagado pela droga, parecia dançar entre os mortos. Nenhuma lança, nenhuma flecha o atingia, desviava-se de todos os golpes. Seus companheiros exibiam o vigor de dançarinos em transe. Aos poucos, Danga ia recuando. E, colérico por não conseguir penetrar em Massaba, mandou sua guarda atirar nas casas vizinhas flechas em chamas. Pôs fogo onde pôde. Como uma gangrena, este propagou-se de teto em teto, produzindo por toda parte forte fumaça. Apavorados, os habitantes corriam de um lado para o outro com suas inócuas jarras e bacias. Arkalas e Barnak tinham expulsado Danga e fechado a passagem, mas um incêndio devorava a cidade.

Só ao alcançar o topo das colinas no fim do dia, Sango Kerim e seus homens viram a cidade queimando. Presenciaram seus milhares de habitantes tentando lutar contra línguas de fogo mais altas que as torres. Subiam de Massaba pesadas nuvens de fumaça trazendo até ali o cheiro triste das casas consumidas pelas chamas. Anoitecia. E, como alguém que sofresse uma queimadura no rosto, a cidade gritava.

Quando Danga enfim chegou, satisfeito, com o terror por ele provocado em Massaba, apesar da invasão malsucedida, Samília esperava-o, imóvel, com os olhos fixos no irmão. Mal desceu do cavalo, levou um tapa da irmã, diante de toda a sua guarda e de todos os chefes das forças nômades reunidos.

— Essa é tua homenagem fúnebre a nosso pai? Que mente degenerada seria capaz de conceber tamanha estupidez?

Mortificado pelo espetáculo das labaredas que lambiam vorazes a cidade de sua infância, Sango Kerim prometeu a Samília que não tornariam a atacar enquanto os habitantes de Massaba não controlassem o incêndio. A dor, porém, moldara sua máscara no rosto de Samília, máscara que nada faria desaparecer.

NA CÂMARA MORTUÁRIA do palácio, Katabolonga aplicava ao cadáver do rei tiras de pano molhadas, para evitar que a pele rachasse toda ou pegasse fogo. E Tsongor perguntava-se a razão daqueles cuidados com seu corpo morto.

— Para que fazes isso, Katabolonga? — indagou. — Acaricias meu cadáver? Unta-o com óleos? Não sinto nada. Não precisas cuidar de mim dessa maneira. A menos que o tempo tenha passado mais depressa do que pensei e meu corpo esteja começando a apodrecer, apesar dos bálsamos e ungüentos ministrados. O que estás fazendo? Por que não respondes?

Katabolonga ouvia a voz do velho Tsongor, mas não conseguia falar. Seus lábios tremiam. Mantinha a cabeça baixa e continuava a umedecer o corpo do rei. O calor era intenso. O suor escorria-lhe da testa misturando-se a mal contidas lágrimas, antes de cair sobre o cadáver e evaporar-se. O silêncio do amigo preocupava Tsongor.

— Por que não falas comigo, Katabolonga? O que acontece com Massaba?

O companheiro não pôde mais calar-se.

— Se tua pele ainda sentisse o calor e o frio, não perguntarias nada, Tsongor. Se pudesses respirar o ar desta sala, saberias.

— Nada posso sentir, Katabolonga. Fala.

— Massaba arde em chamas. E até aqui o calor do incêndio me faz tossir. Daí minha agitação ao redor de ti. Embora não sintas, tua pele queima de tão quente, como a pedra a tua volta. Não tardaria a trincar e a incendiar-se, se eu não fizesse o necessário. Cubro teu corpo com panos molhados, borrifo-o com água, para que não se inflame.

O velho rei ficou sem voz. Do fundo de sua noite, fechou os olhos. Parecia sentir o cheiro do fogo. Deixou-se invadir pela sensação. Achava-se em meio a uma densa fumaça, diante de longas chamas faiscantes. O cheiro de queimado cercava-o. Então mansamente voltou a falar, como um sonâmbulo desnorteado pelo sonho que está atravessando.

— Agora vejo. A cidade inteira arde. As chamas, a princípio pequenas, saltaram com o vento de um teto a outro, engolindo a cidade bairro por bairro. O palácio foi atingido. O fogo lambe as paredes e rói as tapeçarias que delas despencam espalhando fagulhas. Do terraço palaciano, vejo a vasta fogueira a meus pés. As casas desabam como a exalar seu último suspiro. Nos bairros populares, já não sobra quase nada. Ali o fogo alastrou-se mais rápido. Havia poucas paredes de pedra. Eram cabanas de madeira, barracas e tendas amontoadas. Tudo ruiu. Vejo os homens debatendo-se e lutando contra paredes de fogo. Minha cidade geme queimando. Minha pobre cidade, que foi sendo construída por mim ano após ano. Fui eu quem desenhou seu projeto, quem supervisionou suas obras. Palmilhei cada rua, conheci cada recanto. Era meu rosto de pedra. Junto com ela, é minha vida que se reduz a cinzas. Queria construir um império sem limites. Erguer uma capital que situaria meu pai e seu reino insignificante numa remota pré-história. Massaba queimando, torno a ser como ele, a mesma insignificância novamente nos iguala. Também me converto no tirano de uma terra feia e acanhada. Massaba queimando, nada terei oferecido aos meus.

— Ofereceste, sim, mas queimaram teus presentes — emendou Katabolonga.

Tsongor calou-se novamente. O amigo tinha concluído sua obra. O corpo do rei estava úmido e fora de perigo. Tsongor então falou, numa voz longínqua, porém. Katabolonga teve de inclinar-se e aproximar o ouvido da boca do morto para ouvir o que este murmurava.

— Pronto — disse Tsongor —, já os vejo chegar, os primeiros queimados de Massaba: mulheres, crianças, famílias inteiras com o rosto calcinado. Esses são os meus. Reconheço-os. O fogo matou-os, têm a pele carbonizada e o olhar apagado. Sou o rei de um povo queimado vivo, Katabolonga. Podes vê-lo, como eu? Cometeste um engano, meu amigo. Não é sobre mim que deves aplicar panos molhados. Minha pele não precisa ser umedecida, mas sim a dos queimados de Massaba. Consegues vê-los? Não tenho nada. Vedes? Não tenho nada a oferecer-vos. Mas choro vossa morte, queimados de Massaba. E com todo o cuidado derramo minhas lágrimas sobre vossos corpos supliciados, esperando trazer-vos algum alívio.

A voz de Tsongor emudeceu. Katabolonga levantou-se e viu o cadáver do rei chorando. Eram lágrimas copiosas para aliviar a dor dos queimados. Do lado de fora, a cidade contorcia-se em chamas.

Durante uma semana, as casas arderam, e a guerra foi suspensa. Os sitiados lutavam dia e noite contra o incêndio. E os exércitos nômades contemplavam, estarrecidos, a destruição daquele impressionante tesouro de madeira e pedra. No sétimo dia, conseguiram dominar o fogo. Os habitantes de Massaba portavam a máscara negra da fuligem. Tinham os cabelos queimados, a pele curtida pelo calor do fogo, as roupas cobertas de cinzas — estavam combalidos, esfalfados. Ruas inteiras cobriam-se de brasas. Um sem número de casas desmoronara. Entre os montes de pedras distinguiam-se vigas de madeira escurecidas. Parte dos estoques de mantimentos perdera-se. Só restara a lembrança aterradora daquelas gigantescas labaredas, que muitos dias depois ainda dançavam no espírito dos habitantes extenuados.

LONGE DO INCÊNDIO de Massaba, o filho mais novo de Tsongor seguia seu caminho. Aproximava-se de Saramina, a cidade suspensa. Já avistava suas altas muralhas brancas. Segunda pérola do reino depois da capital, Saramina era uma cidade elegante, toda de pedra pálida, com reflexos rosados à luz do crepúsculo. Construída sobre altas falésias, possuía uma visão privilegiada do mar.

O velho Tsongor amava a cidade. Passou muitas temporadas ali e nunca ordenou mudanças. Sempre se manteve deliberadamente afastado da gestão daquele lugar, de modo que nada em Saramina trouxesse sua marca. Não queria apropriar-se dela. Para Tsongor, sua beleza residia no fato de não se parecer com ele. Por isso gostava de visitá-la. Sentia-se um estrangeiro ali, curioso de cada edificação, encantado com a arquitetura, com a luz e aquela estranha elegância pela qual zelava, embora não fosse obra sua. Oferecera seu comando a um de seus mais antigos companheiros — Manongo. Após alguns anos de reinado, Manongo faleceu, vitimado por uma febre. O costume mandava nomear outro chefe de guerra para o governo da cidade, outro companheiro de longa data, em recompensa a sua lealdade e como exemplo dos presentes concedidos pelo rei a seus aliados. Mas Tsongor não o fez. O benevolente Manongo conquistara a admiração e o apreço dos habitantes de Saramina, por ele administrada com inteligência e generosidade. Era venerado por todos. O próprio Tsongor esteve presente a seu funeral. Chorou com a população consternada. Percorreu silencioso sob o calor as ruas da cidade, cercado de uma multidão em prantos. Percebendo a que ponto o velho companheiro era querido ali, decidiu passar o poder à viúva de Manongo, Shalamar. Conhecia-a bem. Ela sempre estivera ao lado do marido, nas campanhas como nos palácios, compartindo tanto da incerteza dos períodos de guerra quanto do fasto dos anos de paz. Shalamar nunca pedira nada e foi a primeira e única mulher a ser elevada a tal posição. Os habitantes de Saramina receberam com alegria a notícia. E Shalamar governou a cidade com desvelo. Quando em visita, Tsongor preferia a discrição e a humildade, portando-se como convidado e não como rei. Sempre desejara que Saramina crescesse em amigável liberdade.

Quando Suba entrou na cidade suspensa, esta já sabia da morte de seu pai e parecia esperá-lo. Na rua principal, nas praças, nos cruzamentos das vielas, a multidão acompanhava o filho de Tsongor com o olhar. Toda atividade cessara. Ninguém mais sequer falava em voz alta.

A viúva de Manongo recebeu o hóspede no terraço do palácio de Saramina, cuja localização a pique sobre o mar metia medo. Só as aves marinhas planavam àquela altura da escarpa. Shalamar estava de preto. Ao ver Suba, levantou-se do trono e ajoelhou-se no chão. O filho do rei surpreendeu-se com o gesto. Soubera pelo pai que Shalamar era uma grande rainha, mas tinha diante de si uma mulher idosa, encurvada pela velhice, e essa mulher supostamente altiva ajoelhava-se em sua presença. Na verdade, reverenciava a sombra de Tsongor. Compreendendo a extrema reverência da soberana, Suba gentilmente ajudou-a a levantar-se e conduziu-a de volta ao trono. Shalamar apresentou-lhe as condolências de seu povo e, como Suba permanecia em silêncio, mandou vir uma cantora, que entoou para ambos um canto fúnebre. Naquele terraço aberto para o infinito, com as águas fustigando a rocha ao pé da falésia, Suba deixou-se invadir pela música, e a tristeza dominou-o. O filho de Tsongor chorou como se o pai tivesse morrido novamente naquele dia. O tempo transcorrido desde sua partida não o apaziguara. A dor ainda sufocava. Tinha a impressão de que nunca perderia a virulência. Shalamar não quis interferir. Esperou o necessário, recordando também passagens de sua vida ligadas a Tsongor. Só então chamou-o para perto dela, segurou-lhe as duas mãos como faria com uma criança e perguntou em tom maternal o que podia fazer por ele. Pedisse o que fosse. Em nome de seu pai, em nome da memória que Shalamar tinha dele, Saramina faria tudo. Suba pediu onze dias de luto na cidade. Pediu que se fizessem sacrifícios, que Saramina compartilhasse do luto de Massaba, sua irmã de pedra. E calou-se outra vez. Esperava que Shalamar desse ordens imediatas, mas ela nada fez. Em vez disso, a rainha olhava a silhueta negra das torres e das balaustradas contra o fundo azul do céu e do mar confundidos. Depois de um tempo, virou-se para Suba. Sua expressão mudara. Nada mais tinha da mulher alquebrada e entristecida de antes. Seus traços agora mostravam dureza e altivez. E ela começou a falar com uma voz rouca e profunda que trazia em si toda uma vida de sofrimento e felicidade.

— Escuta-me, Suba, escuta bem o que vou te dizer. Escuta como um filho a sua mãe. O que me pedes em nome de Tsongor, hei de fazer. Mas não me peças isso. Não precisas ordenar qualquer providência para o luto tomar conta de Saramina. Tsongor está morto, e é como se toda uma parte de minha vida afundasse lentamente no mar. A cidade há de chorá-lo, e nosso luto há de durar mais de onze dias. Deixa-nos essa iniciativa. Deixa-nos organizar as cerimônias fúnebres como acharmos melhor. E a morte de teu pai será devidamente chorada, verás. Escuta-me, Suba. Shalamar conhecia teu pai. Se ele te mandou percorrer as estradas de seu gigantesco reino, não foi para fazer de ti o mensageiro de sua morte. Independentemente de tua vinda, o reino inteiro há de padecer com o trespasse de seu rei. Conhecia teu pai, e ele decerto não julgou necessária a vigilância de um de seus filhos para que Saramina o chorasse. Tsongor esperava outra coisa de ti. Deixa conosco o luto, Suba. Haveremos de guardá-lo em teu lugar, respeitando sua vigência. Abandona-o aqui em Saramina. Teu pai não te criou para chorar morte alguma. Já é hora de te desfazeres do luto. Não te irrites com minhas palavras. Mais de uma vez sofri a dor da perda. Sei bem da sedutora vertigem por ela provocada. Precisas ser duro contigo mesmo e depor a máscara do sofrimento a teus pés. Não te entregues ao orgulho daquele que tudo perdeu. Tsongor hoje precisa de um filho, não de uma carpideira.

E a rainha calou. Suba estava angustiado. Enquanto Shalamar falava, várias vezes quis interrompê-la. Sentia-se ofendido. Mas escutara até o fim, pois havia na voz dela uma autoridade natural, uma força persuasiva. Permanecia ali, atordoado, diante daquela mulher de mãos enrugadas, daquela mulher idosa e soberana, que acabara de esbofeteá-lo com seu discurso.

— Tens razão, Shalamar — admitiu Suba. — Tuas palavras queimam-me a face, mas reconheço a verdade em teus lábios. A ti e às carpideiras a incumbência do luto. Que Saramina faça como quiser, como sempre fez. Tens razão. Tsongor não me enviou aqui para chorar sua morte. Pediu-me que construísse sete túmulos em diferentes pontos do reino, sete túmulos para contar quem ele foi. E desejo erguer o primeiro aqui, nessa cidade tão cara a meu pai. Aqui começam as obras. Tens razão, Shalamar. As pedras aguardam-me. Deixo as lágrimas contigo e os teus.

Devagar dobrou o longo véu negro, presente das mulheres de Massaba, e confiou-o à velha rainha. Shalamar voltou a exibir um rosto de mãe. Sorria àquele rapaz que se mostrara forte o bastante para escutá-la. Com o véu numa das mãos, fez sinal a Suba que se achegasse de novo. Então beijou-o na testa e disse baixinho:

— Não tenhas receio, Suba. Faz o que deves. Chorarei em teu lugar. Saramina inteira há de chorar por ti. Vai em paz. Enfrenta a pedra.

O CERCO DE MASSABA prosseguia. A cada dia, enquanto os guerreiros de Kuam e Sako tentavam de cima da muralha afugentar o inimigo, os habitantes removiam os escombros, limpavam as ruas, extraíam das ruínas ainda mornas o que o fogo poupara. Baldes cheios daqueles destroços e de cinzas eram despejados nas forças nômades. Massaba vomitava jatos de poeira e cinzas do alto de sua muralha.

Dentro da cidade a vida se reorganizara. Tudo se adaptara e se subordinara à economia de guerra. Os chefes davam o exemplo. Kuam, Sako e Liboko pautavam-se pela moderação. Comiam pouco, repartiam sua ração com seus homens. Ajudavam em todos os trabalhos de reestruturação. Não havia saída. Massaba estava cercada. As reservas de mantimentos escasseavam. Mas todos fingiam não se preocupar, queriam acreditar ainda ser possível vencer. As semanas passavam, os rostos ficavam cada vez mais chupados, e a vitória não vinha. A cada dia, os guerreiros de Massaba conseguiam, ao preço de um esforço sempre renovado, repelir o ataque adversário. Depois da intrusão de Danga, não mais puseram nenhuma porta abaixo, nem tomaram nenhuma parte da muralha.

No campo dos nômades, os homens impacientavam-se, sobretudo Bandiagara e Órios. Os dois resmungavam o tempo todo, amaldiçoando aqueles muros demasiado resistentes. Pressionavam Sango Kerim para repetir a estratégia tão bem-sucedida com Danga. As forças de Massaba eram muito reduzidas para conter ataques numa frente mais extensa. Bastava atacar em dois ou três pontos distintos. Sango Kerim concordou. Tudo foi preparado para mais um assalto a Massaba. Bandiagara comandaria a primeira investida, Danga a segunda. Órios e Sango Kerim assaltariam um ponto desguarnecido da muralha.

A batalha recomeçou, e de novo se ouviram os gritos dos feridos, os brados de encorajamento, os pedidos de socorro, os impropérios, o trinclido das armas. De novo o suor perlou as faces, o óleo fervente entornado escorreu sobre os corpos, e cadáveres espalharam-se ao pé da muralha.

Os cinéreos arremeteram contra a porta da Coruja como ogros. Não passavam de cinqüenta, mas nada parecia resistir-lhes. Terminaram por arrombá-la e trucidaram os guardas surpresos diante de tais gigantes. Pela segunda vez, os nômades invadiram Massaba, e o pânico tomou as ruas da cidade. A notícia correu de casa em casa: os cinéreos avançavam matando quem encontrassem pelo caminho. Ao saber da invasão, Liboko voou para deter o avanço inimigo. Um punhado de homens da guarda especial de Tsongor seguiu-o. A cólera iluminava seu rosto. Lançaram-se sobre a tropa dos cinéreos no momento em que estes invadiam a praça da Lua — uma pequena praça onde outrora se reuniam videntes e onde se ouvia, nas noites de verão, o murmúrio suave das fontes. Como um demônio, Liboko precipitou-se contra os invasores. Perfurou o ventre, seccionou membros, transpassou o peito e desfigurou o rosto de muitos adversários. Liboko lutava em seu território, para defender sua cidade, daí o ardor, a vontade inquebrantável que demonstrava em combate. Golpeava incessantemente, rompendo as linhas inimigas em sua fúria. Os oponentes caíam de costas com o impacto de seus ataques. De repente, susteve o braço. Um homem estava a seus pés. Bem ali, à sua mercê. Podia rachar-lhe o crânio, mas não o fazia. Permanecia imóvel. Com o braço erguido. Um tempo infindável. Reconhecera aquele guerreiro. Era Sango Kerim. Os olhares encontraram-se. Liboko observava as feições daquele que por tanto tempo fora seu amigo. Não se decidia a acertá-lo, a matar Sango. E sorriu levemente. Nesse instante, Órios esticou-se. Vira toda a cena. Percebera que Sango podia morrer a qualquer momento. Não hesitou e com todo o peso de sua clava, esmagou o rosto de Liboko. O corpo do filho de Tsongor desabou já sem vida. Órios grunhiu de satisfação. Abalado, Sango Kerim caiu de joelhos. Largou as armas, tirou o capacete e abraçou o corpo daquele que não quis matá-lo. Seu rosto era uma cratera de carne. Em vão Sango procurava o olhar que cruzara com o seu segundos antes. Chorava a morte de Liboko, enquanto a batalha recrudescia a sua volta. A guarda especial presenciara a morte bárbara de seu chefe, e, tomados de incontrolável furor, seus homens empurraram a tropa cinérea, a fim de recuperar o corpo de Liboko, de não abandoná-lo ao inimigo. Queriam enterrá-lo com suas armas ao lado do pai. Diante da violenta reação adversária, Órios teve de recuar. Os cinéreos deixaram o corpo. Deixaram também a praça da Lua, levando um combalido Sango Kerim, e saíram da cidade para escapar aos soldados da guarda que os perseguiam aos berros.

A notícia da morte de Liboko circulou ao mesmo tempo em Massaba e no acampamento nômade. Sango Kerim ordenou a retirada das tropas. Aquele era para ele um dia maldito, e mais nenhum ataque devia acontecer. Voltaram ao acampamento lentamente, de cabeça baixa, sem falar, como um exército derrotado. Em Massaba, já ressoava o grito agudo das carpideiras. Por toda parte, ouviam-se lamentos. A cidade chorava um de seus filhos. Enviado por Sango Kerim, Rassamilagh disse ao filho mais velho de Tsongor que enterrasse o irmão em paz. Os guerreiros nômades permaneceriam nas colinas. Decretaram-se dez dias de luto. E fez-se nova trégua. O corpo de Liboko foi limpo e vestido antes de ser enterrado na cripta do palácio com suas armas. Durante dez dias, as carpideiras revezaram-se à beira do túmulo para saciar a sede do morto com as lágrimas dos vivos.

Na sala do catafalco, Tsongor erguera-se. O corpo descarnado do velho rei morto era tão magro, que parecia transparente em alguns pontos. Katabolonga, petrificado, olhava para seu soberano. Imaginava estar vendo Tsongor retornar do mundo dos mortos. Reparou no semblante do rei e compreendeu que uma dor cruciante o fizera levantar. E Tsongor estacara ali, de pé, boquiaberto. Nenhum som lhe saía da garganta. Fez um gesto como para designar algo que não podia nomear. Katabolonga baixou os olhos.

— O que queres de mim, Tsongor?

O rei nada respondeu, acercando-se mais do amigo. A fixidez da morte conferia a seus traços algo de intolerável. Katabolonga então falou:

— Viste-o, não é? Viste teu filho passar diante de ti. E quando te jogaste aos pés dele, teus braços nada cingiram. Ou talvez tenhas ficado sem ação, sem poder dar um passo sequer. Viste o sorriso de Liboko. Foi isso, não? Sim, eu sei. O que queres de mim, Tsongor?

O silêncio preencheu outra vez o porão. Katabolonga contemplava os olhos escancarados do amigo. Os lábios estremeciam levemente. Katabolonga aguçou o ouvido. Discerniu um som longínquo. Concentrou-se. O rei falava baixinho, e a mesma toada sempre se repetia. Katabolonga escutou mais um pouco. Sim, era isso. A mesma frase repetida ao infinito saía dos lábios do morto com mais força a cada vez, até preencher a sala inteira. O cadáver de Tsongor repetia a mesma frase com os olhos fixos em Katabolonga.

— Devolve-me... Devolve-me... Devolve-me...

Katabolonga não entendeu. Para ele, Tsongor falava de Liboko. E Katabolonga afligia-se, tinha vontade de chorar.

— Se pudesse, devolveria teu filho — disse. — Mas eu mesmo estendi a mortalha sobre seu corpo. Nada posso fazer.

Tsongor interrompeu-o. Sua voz ficou mais forte e mais segura.

— A moeda... devolve-me...

Agora falava como fizera tantas vezes quando rei. Não era a voz que se compraz nos meandros de uma conversa, mas a voz que ordena.

— A moeda que te dei, Katabolonga, devolve-me. Não vou além. Acabou. Sim, eu vi. Ele passou por mim, sorrindo, com a metade do rosto esmagada. Nossos olhares cruzaram-se, mas ele não parou. Chegou a hora de me devolver a moeda, Katabolonga. Coloca-a em minha boca e empurra meu queixo para que ela não caia. Vou embora. Não quero mais ver isso. Todos eles passarão. Um por um. Ao longo dos anos. Liboko foi o primeiro. Serei o espectador da lenta sangria dos meus. Devolve a moeda. Quero descansar em paz.

Katabolonga permanecera sentado, de cabeça baixa. Quando Tsongor terminou, o amigo ergueu-se devagar exibindo toda a sua estatura. Estavam novamente face a face, como na remota ocasião em que o rastejante desafiou o conquistador. Imperturbável, Katabolonga olhava bem nos olhos do rei.

— Não te darei moeda alguma, Tsongor. Tu mesmo te condenaste a esses sofrimentos. Não te darei nada. Fizeste-me jurar. Palavra de Katabolonga não volta atrás.

Ficaram assim, um diante do outro, por muito tempo. A dor deformava o rosto de Tsongor. Sua boca parecia tentar engolir todo o ar da sala abobadada. E mais uma vez o murmúrio incompreensível veio do fundo de seu corpo. O rei virou as costas a Katabolonga e retornou ao túmulo, à imobilidade de morto. Só insistia em emanar de seu corpo descarnado a tênue súplica:

— Devolve-me... Devolve-me...

Durante três dias inteiros, Tsongor sussurrou no silêncio espesso do porão. Katabolonga apertava-lhe a mão com toda a força, para que sentisse a presença dele até mesmo em sua morte. Para que não duvidasse de sua fidelidade. Mas não devolveu a velha moeda enferrujada. Esperou, mortificado, a cantilena cessar e o morto voltar a sua mudez.

Por dez dias, Samília contemplou sua cidade do ponto mais alto da colina. Deixava chegar até ali os rumores da multidão em prantos e a música lenta das cerimônias fúnebres. Não falava mais com ninguém. Desde a briga com o irmão Danga, vivia refugiada em sua tenda. Tinha agora a confirmação de tudo o que sempre soube. A desgraça apoderara-se dela e não mais a largaria.

Sango Kerim tinha o mesmo sentimento e confidenciou a Rassamilagh:

— Amanhã recomeçarão os combates, e, só a ti o confesso, sinto um estranho medo. Não o medo de morrer ou de ser derrotado. Este, todos o sentimos. É o medo de entrar novamente em Massaba. Pois, cada vez que nossas tropas invadiram a cidade, só conheci a dor e a consternação. Primeiro foi o incêndio que destruiu as torres de minha infância, depois a morte de Liboko.

Rassamilagh ouviu e disse:

— Compreendo teu medo, Sango. É justificado. Não há vitória possível.

O companheiro tinha razão, reconheceu Sango Kerim. E olhava a cidade a seus pés preparar-se para a luta do dia seguinte. Sabia que o cerco de Massaba era loucura. Ao longo dos dias, meses e anos por vir, estava condenado a oscilar entre vitória e luto. E cada vitória sobre aqueles homens e aquela cidade a ele tão caros seria como uma ferida.

Em Saramina, Suba iniciou as obras do primeiro túmulo de Tsongor. Shalamar abriu-lhe as portas do palácio, ofereceu-lhe seu ouro, seus maiores arquitetos e seus mestres-de-obras. A cidade logo foi tomada pela atividade incessante dos contramestres e operários.

Suba decidiu construir o túmulo nos jardins suspensos de Saramina. Era o ponto mais elevado da cidadela. Os jardins estendiam-se numa sucessão luxuriante de terraços e escadarias. As fontes ficavam à sombra das árvores frutíferas. Dali se via toda a cidade, o alto perfil das torres e o mar imóvel. No maior dos terraços, Suba mandou cortar árvores, limpar o terreno, para ali erigir um palácio. Queria-o na pedra branca da região. Foram necessários meses de trabalho para construí-lo. O exterior do mausoléu era puro e resplendente. Nas salas, sobre o piso de mármore, instalaram grandes estátuas.

Quando a obra foi concluída, Suba convidou Shalamar a visitar o monumento antes que mandasse fechar e lacrar suas portas. Em silêncio, os dois deambularam pelas vastas salas, apreciando os mosaicos do piso, a esplêndida vista dos balcões. Maravilhada, a rainha acariciava a pedra das colunas, notava cada detalhe. Quando enfim saíram, ela declarou:

— O monumento que construíste, Suba, é o túmulo de Tsongor, o glorioso. Agradeço-te por ter oferecido a Saramina um palácio à altura dele. Daqui em diante, será o coração silencioso da cidade, o lugar aonde ninguém pode ir e que todos veneram.

Naquele instante, Suba entendeu a tarefa a ele designada: fazer o retrato do pai. Faria sete túmulos como as sete faces de Tsongor. A de Saramina era a face de um rei cheio de glória, de um homem cujo destino excepcional o levara a formar um império de dimensões continentais. Cabia a Suba declinar as faces de Tsongor e erguer um túmulo para cada uma delas, nos quatro cantos do reino. E os sete túmulos reunidos diriam quem era Tsongor. Restava-lhe, portanto, descobrir a forma que deveriam assumir e o lugar que deveriam ocupar as outras seis faces.

Ao lado de Shalamar, desfrutou pela última vez a noite marinha de Saramina. Na manhã seguinte, despediu-se, montou em seu burro e seguiu viagem, deixando o véu negro das lavadeiras de Massaba no palácio da velha soberana. A rainha mandou fixá-lo à torre mais alta da cidadela. Suba tinha um continente a pesquisar. Todo o reino já sabia que o filho de Tsongor errava, procurando em toda parte um local onde construir um palácio funerário. Era uma honra cobiçada por cada cidade, cada região.

Em sua renitente montaria, esquadrinhou o reino com olhos de arquiteto. Na floresta dos baobás uivantes, levantou uma alta pirâmide — um túmulo para Tsongor, o que edifica, em meio ao denso húmus e aos gritos dos pássaros de plumagem avermelhada. Depois foi até os confins do reino, no arquipélago das mangueiras, as últimas terras antes do nada. Nessas terras onde Tsongor fizera os homens ajoelhar-se, seu filho construiu uma ilha-cemitério para Tsongor, o destemido explorador, aquele que estendera os limites da terra, que fora mais longe que o mais ambicioso dos homens. Para Tsongor, o guerreiro, o comandante militar, o estrategista, cavou imensas salas trogloditicas nas altas chapadas rochosas das terras centrais. Ali, a vários metros abaixo da superficie, pôs milhares de estátuas de guerreiros encomendadas a artesãos. Eram grandes bonecos de argila, todos diferentes. Assim, nos porões escuros desses subterrâneos, um imenso exército de barro recobria o chão. A legião de soldados petrificados parecia pronta a entrar em ação a qualquer instante, só esperando o retorno de seu rei para marchar novamente. Uma vez terminado o túmulo do guerreiro, Suba procurou um lugar para construir um mausoléu para Tsongor, o pai, o homem que criara cinco filhos com amor e generosidade. No deserto das figueiras solitárias, em meio às dunas esculpidas pelo vento e aos lagartos, erigiu uma alta torre de pedra ocre, visível à distância de vários dias de caminhada. No seu topo, incluiu uma pedra dos pântanos, um grande bloco translúcido que à noite irradiava a luz acumulada durante o dia. A pedra alimentava-se do sol do deserto e iluminava a noite como um farol para as caravanas.

A face eterna, o retrato de Tsongor para a posteridade pouco a pouco se materializava, graças à incansável energia e à total entrega do filho caçula a sua missão. Os mausoléus ganhavam forma, e, sempre que terminava um deles, que lacrava a porta dessas moradas silenciosas e deixava o local, Suba julgava ouvir um suspiro às costas. Sabia o significado disso: Tsongor estava ali, ao lado dele. Em suas noites de sonho e em seus dias de trabalho, o pai estava presente. E o suspiro ouvido ao concluir cada obra dizia sempre a mesma coisa: ele tinha cumprido sua tarefa, e Tsongor agradecia-o por isso. A cada novo sepulcro, Tsongor agradecia; mas seu suspiro dizia também que ainda não era aquele e que o lugar ainda não fora encontrado. E Suba partia mais uma vez, buscando um local apropriado, a fim de sentir em seu ombro o suspiro de alívio do pai.

Capítulo V
A esquecida

Massaba resistia, mas sua aparência mudara. Agora uma cidade exangue dominava a planície. A muralha parecia prestes a romper-se. As reservas de água e comida praticamente se esgotaram. Bandos de abutres pairavam e atacavam os corpos não calcinados. A capital do império estava suja, e os habitantes exauridos. Os guerreiros tinham as faces fundas como as de velhos cavalos que se perdem no deserto e avançam, recalcitrantes, na direção do horizonte, até ficar sem forças e cair mortos na areia quente. Ninguém mais falava. Todos esperavam a morte resignados.

O palácio de Tsongor deteriorou-se com os danos. Uma ala inteira fora destruída pelo incêndio. Ninguém tivera nem o tempo nem a energia para restaurá-la. Não passava de um amontoado de tapetes queimados, tetos desabados e paredes enegrecidas. Os corredores estavam imundos e envelhecidos. Antigas salas de recepção viraram dormitórios onde se aglomeravam corpos cansados. O grande terraço fora transformado em hospital. Cuidavam dos feridos assistindo aos combates ao pé da muralha. Todos estavam no limite de suas forças. A cidade podia sucumbir de uma hora para outra. As ruas não passavam de caminhos de terra. As pedras da pavimentação foram arrancadas e atiradas contra o inimigo. Os jardins foram devastados para alimentar os cavalos. Depois, com a fome, os animais foram mortos para alimentar os homens.

Desde a morte do irmão, Sako tornara-se irreconhecível. Emagrecera tanto, que seus longos colares habituais batiam nas costelas produzindo um ruído seco. Deixara crescer uma barba hirsuta que o fazia lembrar o cadáver do pai. Os guerreiros de Massaba foram dizimados. Das forças de antes só restavam a guarda especial e os homens-samambaias de Gonomor. Do lado de Kuam, restavam apenas Arkalas, Barnak e seus mascadores de *khat*. Todos sem exceção muito debilitados pelos meses de luta ininterrupta.

Kuam sentiu a proximidade da derrota. Já se via vencido junto com Massaba, em meio aos gritos de alegria dos nômades. Então, uma noite, sem dizer nada a ninguém, despiu-se da armadura, pôs uma longa túnica escura e deixou a cidade. Na noite cerrada, atravessou como uma sombra a grande planície, palco de violentos combates, e subiu uma das colinas. Uma vez lá em cima, esgueirou-se através do acampamento, armado apenas de um punhal. Passou no meio dos inimigos e dos rebanhos com um andar decidido, e ninguém o parou, de tão parecido aos guerreiros de Rassamilagh, que cobriam a cabeça só deixando os olhos de fora. Kuam esperou os nômades dormirem e, sem fazer barulho, entrou na tenda de Samília.

Encontrou a filha de Tsongor deitada, retirando pacientemente as dezenas de presilhas do cabelo.

— Quem és? — indagou sobressaltada.

— Kuam, o príncipe das terras do sal.

— Kuam? — espantou-se Samília, já de pé, com os olhos arregalados e a voz trêmula.

O príncipe deu um passo na direção dela, para não ser visto de fora e tirou os panos que lhe cobriam o rosto.

— Não admira que não me reconheças, Samília. Não sou mais o mesmo homem.

Fez-se um silêncio. Kuam imaginava que Samília lhe perguntaria mais alguma coisa, mas ela nada disse. Não conseguia, estava paralisada.

— Não tenhas receio, Samília. Estou à tua mercê — continuou o príncipe. — Basta um grito para denunciar-me aos teus. Faça como quiseres. Pouco importa. Amanhã estarei morto.

Samília não gritou. Fitava o príncipe diante dela, sem reconhecer nele o mesmo homem. O rosto largo definhara e enrugara. Seco e anguloso, sem a expressão segura de antes, parecia febril. Só o olhar permanecia igual. O olhar que tinha encontrado o seu ao pé do corpo de Tsongor ainda era aquele capaz de desnudá-la.

— Sabes, não? — retomou ele. — Devem ter comunicado a ti. Agonizamos lentamente em Massaba. Amanhã, com certeza, tudo estará acabado. Verás nossas cabeças desfilarem fincadas na ponta de lanças. Por isso vim... Por isso.

— O que queres? — perguntou ela.

— Bem sabes, Samília. Olha para mim. Sabes, não é?

Ela soube no instante em que seus olhares se encontraram outra vez. Kuam viera por sua causa. Passara entre as tendas inimigas, dissimulara-se até ali para tê-la. Ela soube, e parecia-lhe claro que assim deveria acontecer. Ele viera até a filha de Tsongor, na véspera de sua morte, e ela soube que cederia ao desejo dele. Desejo que também era o seu desde o dia em que o viu pela primeira vez, e apesar de ter decidido ficar com Sango. Fizera-o por dever, para honrar a promessa feita, permanecer fiel a seu próprio passado. Mas, ao ver Kuam, tinha certeza de pertencer a ele. Apesar de sua própria determinação. Apesar da guerra, que jamais o permitiria. Ela continuava imóvel. Ele chegou mais perto, e ela podia sentir a respiração dele.

— Morrerei amanhã. Mas pouco importa, se conhecer agora o gosto que tens.

Ela fechou os olhos e sentiu a mão de Kuam despi-la. Deitaram-se, e ele a amou no calor daquela noite sem vento. Do lado de fora, sentinelas de vigia conversavam, e fogueiras crepitavam. Amaram-se, e ela tremeu de prazer pela primeira vez. Retesou-se toda mordendo uma almofada para não gritar. Suas coxas úmidas estremeciam, e Kuam, inclinado sobre ela, com a cabeça mergulhada em seus cabelos, saciava a mútua fome. Lavava a alma das feridas da guerra. Inebriava-se uma última vez com o cheiro da vida. A tenda enchia-se do forte perfume daqueles enlaces, e, sempre que ele ensaiava levantar-se, ela abraçava seu príncipe e retinha-o dentro dela. Pelo resto da noite, entregaram-se àquela aliciante vertigem.

Antes do amanhecer, Kuam deixou a cama de Samília para esgueirar-se de novo através do acampamento inimigo e alcançar a cidade. Samília acariciou-lhe o rosto. Aquela mão em sua face dizia-lhe adeus. Dizia-lhe: "Vai. É tempo de morrer."

Quando ele desapareceu, ela ficou ali parada. Desde que tomara o partido de Sango Kerim, alguma coisa nela morrera. Estava no acampamento nômade, em meio àqueles homens que lutavam por ela, sem paixão. Esperava simplesmente o fim da guerra, queria abreviar tanto sofrimento e ver o curso da vida ser retomado. A vinda de Kuam transtornara tudo.

"Não pude escolher", pensou. "Ou cometi um erro. Escolhi o passado e a obediência. Calei em mim o desejo. E vim até Sango Kerim, por fidelidade. Mas a vida exigia Kuam. Não. Se tivesse escolhido Kuam, estaria lamentando não me unir a Sango Kerim. Não. Na verdade, não há escolha possível. Pertenço a dois homens. É isso.

Pertenço a ambos. É meu castigo. A felicidade está fora de questão para mim. Pertenço a ambos. Restam-me a febre e o dilaceramento. Eis o que sou: uma mulher de guerra. Contra minha vontade, sou uma mulher que gera conflitos e ódio."

Quando Kuam foi ao encontro de Samília, já aceitara a morte. Os combates dos últimos meses exauriram-no. A derrota parecia selada. Nos companheiros só via esgotamento e resignação. Fora encontrar Samília como o condenado à morte manifesta um último desejo. Ter aquela mulher era o único meio de deixar a vida sem arrependimento. Desejava acariciá-la antes de ser massacrado. Queria sentir seu cheiro, impregnar-se dela. E senti-la ainda sobre o corpo no instante em que caísse de joelhos diante do inimigo. Uma vez que a tivesse cingido contra o peito, imaginava, nada mais poderia angustiá-lo. Estaria pronto para morrer, pensava. Mas a história foi outra. Desde que retornara do acampamento nômade, fervia nele uma cólera negra. Embora definhado e fraco, o corpo do príncipe era agora sacudido por reflexos bruscos, nervosos. Kuam falava sozinho, insultando a si mesmo.

— Ontem estava preparado para morrer. Perfeitamente sereno. Podiam vir, mais nada me assustava. Teria morrido de forma digna.

Agora vou morrer, mas contra minha vontade. Samília cobriu-me de beijos, apertou-me entre suas coxas, e seu ventre era doce. Tenho de retomar minha posição sobre a muralha. Não. Agora sei o que perco. Melhor teria sido não saber.

Na muralha, só havia um homem inquieto. Todos os demais permaneciam imóveis, abismados de cansaço, como crianças que são acordadas no meio da noite e ficam ali de pé, aturdidas, no mesmo lugar onde foram deixadas. Estavam prontos para morrer. Ansiavam por essa morte redentora, que os aliviaria da exaustão. Kuam berrava, esmurrava a muralha:

— Que venham, que venham logo e acabemos com isso!

E não tirava os olhos das colinas do acampamento onde julgou avistar, quando o exército nômade pôs-se em marcha, um pequeno ponto fixo. "Samília", pensou. "Veio ver se morremos dignamente."

Naquele dia, os guerreiros atacaram a muralha com ferocidade. Mal atingiram as fortificações, ouviu-se um clamor distante. Da colina ao sul descia um exército ainda não identificável. "Pronto, está tudo liquidado", concluiu Kuam. "Os cães ganharam mais reforços." Do alto da muralha, observavam a grande nuvem de poeira levantada por aquele exército desconhecido, com a lúgubre curiosidade do condenado à morte que olha o capuz do carrasco. Queriam saber quem ia massacrá-los. Então viram as forças nômades recuar bruscamente e assumir posição defensiva. E quanto mais olhavam, mais claramente testemunhavam que os reforços atacavam o inimigo. Já começavam a enxergar melhor os guerreiros do exército recém-chegado.

— Mas... são mulheres — murmurou Sako, admirado.

— Sim, mulheres... — confirmou o velho Barnak.

— Mazebu — disse Kuam.

E repetiu o nome cada vez mais alto.

— Mazebu, Mazebu.

E, mesmo sem conhecer seu significado, todos os homens da muralha ecoaram aquela palavra como um grito de guerra, mas também de alívio em agradecimento aos deuses. Mazebu. Mazebu. E essa palavra estranha significava para cada um deles: "Talvez não morramos hoje."

— Quem é? — perguntou Sako ao príncipe das terras do sal.

E Kuam respondeu:

— Minha mãe.

De fato era a imperatriz Mazebu que acabava de descer a colina à frente de seu exército. Chamavam-na assim por ser a mãe de seu povo e por montar, junto com suas amazonas, zebus de longos chifres retos e pontudos. Mulher enorme, sempre coberta de diamantes, demonstrava o mais fino espírito político. Sobressaía-se nos complôs da corte e nas negociações comerciais. A cada guerra declarada por seu reino, entretanto, ela liderava pessoalmente seu exército e virava um animal feroz. Proferia injúrias imundas contra os inimigos e não exibia em combate nem brandura nem compaixão. Seu exército compunha-se apenas de amazonas, peritas na arte de lutar a galope. Disparavam flechas enquanto cavalgavam, e, para manejar o arco com mais facilidade e destreza, tinham o seio direito cortado.

O espanto tomou conta do exército nômade. De tão habituados ao ritmo cotidiano dos ataques a Massaba, estavam convencidos que a cidade não tardaria a capitular. Diante daquele ataque inesperado, empreendido por um exército desconhecido deles, não sabiam o que fazer. Surpreendidos assim, no meio da planície, desligados de seu acampamento, sentiram-se incrivelmente vulneráveis. Quando puderam distinguir as amazonas de Mazebu, quando viram aquela legião de mulheres com pintura de guerra, montadas em zebus, acreditaram tratar-se de alguma farsa macabra. Logo ouviram Mazebu berrar palavras chulas, e picar os flancos de sua montaria.

— Vinde, para que vos esmaguemos e façamos rolar na poeira. Vinde, bastardos. Vossa fortuna chegou ao fim. Vinde. Mazebu chegou para vos castigar.

Um céu de flechas caiu sobre os primeiros guerreiros nômades. As amazonas avançavam atirando sem parar. E quanto mais se aproximavam, mais suas flechadas eram diretas e mortíferas. Quando os dois exércitos entraram em choque, os zebus, com seus longos chifres afiados, trespassaram inúmeros guerreiros. Se permanecesse na planície, seu exército seria dizimado, compreendeu Sango Kerim. E ordenou a retirada, mas não evitou o desastre. As amazonas não os perseguiram. Em vez disso, formaram uma única linha e, com toda a calma e concentração, dispararam flechas que colhiam os nômades em debandada. Tombavam em plena fuga, de cara para o chão. Fabricados com a madeira macia dos cedros, os arcos das amazonas disparavam mais longe que qualquer outro. Os nômades precisaram cruzar toda a planície para ficar fora de alcance.

Pela primeira vez em meses, a cidade não teve de resistir à invasão inimiga. Pela primeira vez em meses, as forças de Massaba puderam sair e ocupar posições em três das sete colinas. O cerco de Massaba chegara ao fim. E todos os habitantes bendiziam aquele estranho nome, nunca ouvido antes: Mazebu.

Durante o resto do dia e uma parte da noite, houve uma atividade frenética na cidade. Removeram os mortos empilhados nas praças. Enterraram-nos em fossas cavadas do lado de fora, para não correr mais risco de epidemia. Guerreiros buscaram recuperar na planície as armas, os capacetes e as armaduras dos nômades vitimados pelas amazonas. A população foi colher capim e trigo para alimentar animais e homens. Transferiram o hospital improvisado para os porões do palácio, mais frescos, protegidos e de fácil acesso. Com a lua já alta, organizaram um enorme banquete no terraço real. E a cidade inteira suspirou aliviada. Mazebu ocupava o lugar de honra entre os guerreiros e as amazonas misturados. A imperatriz queria saber o nome de cada um, preocupava-se com os menores ferimentos. Depois, quando ficou um instante sozinha com o filho, segurou sua mão, olhou um bom tempo para ele e disse:

— Emagreceste, meu filho.

— O cerco durou meses, mãe.

— Envelheceste também — constatou Mazebu.

— Todo esse tempo só fizemos infligir perdas e sofrê-las, só fizemos negociar com a morte.

— É a marca de Samília que vejo no teu rosto. Olho para ti e sou apresentada a ela. Essa mulher vincou tua face. Fez bem.

E não disse mais nada. Convidou o filho a brindar com ela, e festejaram juntos aquele dia em que Massaba não caiu.

SUBA SEGUIA viagem através do reino. Esses períodos em que vagava sem rumo certo no começo o assustavam. Agora os apreciava cada vez mais. Não tinha a urgência inicial de chegar a uma cidade ou de encontrar um local para o próximo mausoléu. Percorria as estradas, de um ponto a outro, na mais completa indiferença, e isso fazia bem a ele. Não tinha nome nem história. Vivia em silêncio. Ao deparar-se-lhe alguém pelo caminho, era tomado por um viajante qualquer. Novas terras desfilavam diante dele. Deixava-se embalar pelo andar mole de seu burro, feliz por não ter nada a fazer naqueles horas, além de contemplar o mundo.

Lentamente, dirigia-se para Solanos, a cidade à beira do rio Tanak. O rio atravessava um grande deserto de pedra. No ponto em que desaguava no mar, a natureza mudava de repente. As margens cobriam-se de tamareiras, como um oásis no meio daquelas terras pedregosas. Nesse lugar, construíram Solanos. Suba conhecia a cidade de nome. Lá acontecera uma das mais famosas batalhas de seu pai. Segundo diziam, o exército do rei Tsongor atravessara o deserto para surpreender o povo de Solanos, que esperava ver os conquistadores chegar pelo rio. Sob a ferocidade do sol da região, sofreram queimaduras. Mortos de cansaço e fome, acabaram por comer os próprios cavalos. Alguns enlouqueceram. Outros ficaram cegos. Quanto mais tempo passava, mais a coluna de Tsongor diminuía. Esfalfados, chegaram ao pé de Solanos. A cidade conhecera a ira de Tsongor, rezava a lenda. Mas não era verdade. Os homens do rei não investiram tão violentamente contra Solanos ensandecidos pela ira. O embotamento, a errância, a loucura moviam-nos. Os dias no deserto transtornaram seu espírito. Caíram sobre a cidade com assombrosa selvageria. Logo não restaria nada.

Suba queria ir até lá, para ver as muralhas de que ouvira falar na infância. Avançava beirando o rio de águas lentas e densas. Ao chegar e apresentar-se aos sábios de Solanos, notou uma agitação generalizada. Essa estranha febre, porém, nada tinha a ver com ele. Algo acontecera, algum fato capaz de fazer fremir até a pavimentação das ruas mais estreitas. Suba identificou-se e foi recebido com toda a deferência devida a sua condição. Ofereceram-lhe aposentos e uma refeição. Apesar desses obséquios, Suba percebia que outro acontecimento eclipsava sua vinda. Curioso, interrogou seu anfitrião:

— O que está acontecendo? Qual o motivo de tamanha agitação por toda a cidade?

— Ele voltou — respondeu temeroso o anfitrião.

— Quem? — perguntou Suba.

— Galash. O cavaleiro do rio. Há décadas ninguém o via. Pensávamos que estava morto. Mas apareceu aqui essa manhã. Saído não se sabe de onde. E está de novo entre nós. Como antes.

Suba escutava atento. Queria saber mais. Convidou o dono da casa a sentar-se a seu lado e contar-lhe quem era o cavaleiro cujo retorno deixara a cidade em ebulição. Seu interlocutor acedeu ao pedido e revelou o que sabia.

Foi na época do cerco de Solanos. Na noite da vitória, um soldado saiu das fileiras e pediu uma audiência com o rei. Tsongor comemorava a destruição da cidade em meio a sua guarda e ao cheiro das cinzas mesclado ao das tamareiras. O soldado apresentou-se. Chamava-se Galash. Ninguém o conhecia. Tinha a aparência de um louco, mas isso não preocupou Tsongor. Todo o seu exército exibia olhos esbugalhados após a travessia do deserto e os furiosos combates que a ela se seguiram. Todos os homens foram acometidos pela mesma loucura. Todos descobriram a alegria de destruir. Vendo aquele soldado, o rei imaginou que ele pediria algum favor. Estava enganado.

"Quis ver-te, Tsongor, porque tenho algo a dizer e pretendo dizê-lo diretamente ao rei. Durante muito tempo acreditei em ti. Em tua força. Em teu gênio militar. Em tua aura de chefe. E segui esse chefe. Desde o primeiro dia. Sem pedir nada, nem promoção nem favor. Era um de teus soldados, um entre tantos, e isso bastava. Mas hoje, Tsongor, estou diante de ti para amaldiçoar-te. Cuspo em teu nome, teu trono e teu poder. Atravessei contigo o deserto. Um a um vi meus amigos caírem, sem que ao menos te dignasses olhar para trás. Resisti, pensando que recompensarias nossa fidelidade, nossa tenacidade. Ofereceste-nos uma cidade. Um massacre. Esse foi teu presente, Tsongor. E cuspo em ti. Soltaste sobre Solanos tua matilha de cães dementes, de feras assassinas. E estávamos esgotados, delirantes, fora de controle, como bem sabias. Era o que desejavas. Soltaste-nos sobre Solanos, e, feito monstros, dilaceramos a cidade. Bem sabes. Estavas entre nós. Foi nisso que nos transformaste: monstros cujas mãos ainda hoje fedem a sangue. Amaldiçôo-te, Tsongor, pelo que fizeste de mim. O que acabo de dizer-te, a partir de agora hei de dizê-lo em todo lugar do reino aonde for. A todos que encontrar pelo caminho. Abandono-te, Tsongor. Agora sei quem és."

Assim falou o soldado Galash. E quando partia, agarraram-no por ordem de Tsongor, diante do qual o forçaram a ajoelhar-se. A cólera fazia tremer a boca do rei, que se levantara do trono.

"Não irás a parte alguma, soldado — anunciou ele. — Pois tudo a tua volta é meu. Estás em minhas terras. Podia matar-te por ter dito o que disseste. Podia arrancar-te a língua por ter-me insultado diante de meus homens. Mas não o farei, em nome de tua fidelidade durante todos esses anos de combate. Não o farei. Enganas-te a meu respeito. Sei agradecer a meus homens. Tua vida será poupada. Mas não pises nunca mais em terra minha. Se permaneceres em meu reino, mandarei esquartejar-te. Tens a tua disposição o mundo inexplorado, terras selvagens onde nenhum homem habita. Cruza o rio Tanak e vive o restante de teus anos do outro lado."

A vontade de Tsongor foi cumprida. Naquela mesma noite, Galash cruzou o rio e sumiu na escuridão. No dia seguinte, ele reapareceu na outra margem. Distinguia-se com clareza o vulto do soldado dissidente sobre seu cavalo espumante. Ele berrava do outro lado do rio para dizer a todos quem era Tsongor. Berrava para os soldados e os habitantes ouvirem. Bradava a plenos pulmões amaldiçoando o rei, mas o barulho das águas encobria sua voz. Durante meses voltou diariamente àquela margem, tentando gritar mais alto que o rio. E gritava sempre com a mesma raiva, como um cavaleiro desvairado que faz sermões aos espíritos. Um dia, afinal, desapareceu. Ninguém mais o viu. Assim se passaram anos. Julgaram-no morto.

No dia da chegada de Suba à cidade, Galash reaparecera depois de anos, como se emergisse direto do passado. Era ele outra vez, montado em seu cavalo e envelhecido ao extremo. Só a raiva parecia intacta. O cavaleiro do rio retornara no mesmo dia em que o filho do rei Tsongor pisara as terras de Solanos.

Suba escutou a história curioso. Nunca ouvira falar daquele homem. Devia ir ao encontro dele, sentiu o príncipe, sem saber por quê. Parecia-lhe que Galash não fazia nada a não ser chamá-lo.

Mal se anunciara a aurora, Suba montou seu burro e foi até o rio. Viu Galash tal como o descreveram — uma sombra a cavalo que ia e vinha sem parar ao longo da outra margem, gesticulando desatinada. O filho de Tsongor picou o burro e entrou no rio. Quanto mais avançava em direção ao outro lado, mais a figura do cavaleiro-mímico crescia. Já o discernia perfeitamente, embora continuasse inaudível. Avançou mais até a profundidade da água permitir a sua montaria tocar as patas no fundo. Ali estava Galash. Suba surpreendeu-se do que viu: um velhote famélico, com o torso nu, a pele dos flancos e do rosto murcha, encarquilhada, e um ar de demônio. Esquálido e encurvado, tinha uma expressão alucinada. Suba ficou observando aquele homem arruinado pelo tempo. O mais espantoso é que continuava sem ouvi-lo. Galash tornara a fazer gestos de imprecação, franzindo as sobrancelhas e arregalando olhos implacáveis, porém nenhum grito lhe saía da boca. Os pulmões enchiam-se de ar, as veias do pescoço saltavam, mas só se ouvia um fio de voz falhado. Já não era o barulho das águas que abafava a voz de Galash. Depois de exilado, gritara durante meses o mais alto que podia, até arrebentar as cordas vocais. Após meses de insana vociferação, só lhe saía da garganta um som gutural e longínquo. Aos poucos, Suba foi esquecendo os sons esquisitos para concentrar-se na fisionomia do cavaleiro. Não compreendendo o que dizia a voz, leu-o nos traços do infeliz. As rugas profundas diziam tudo dos intermináveis anos de exílio. O modo como entortava os lábios num esgar, as expressões, tudo em seu rosto traduzia o sofrimento e os medos, a selvageria e a solidão. Galash chorava, torcia e retorcia as mãos, fazia gestos bruscos, emitia sons violentos, mordia o próprio antebraço.

Ficaram um bom tempo assim, familiarizando-se um com o outro. Então, com um movimento da cabeça, Galash pediu a Suba que o acompanhasse. Picou o cavalo e seguiu por um caminho que se afastava do rio. O filho de Tsongor não hesitou, e iniciaram uma marcha silenciosa pelas veredas das terras inexploradas. Os animais avançavam traqüilamente por um caminho pedregoso, montanha acima. Depois de horas de viagem, o cavaleiro enfim parou. Chegaram ao topo de uma escarpa. A seus pés estendia-se uma enseada semicircular. Um cheiro pútrido subiu até o príncipe. Lá embaixo, ao longo de centenas de metros, desenrolava-se um espetáculo tenebroso. Milhares de tartarugas-gigantes amontoavam-se na areia nauseante. Umas estavam mortas, outras agonizantes. Outras ainda se debatiam, tentando sair dali. Havia montes e montes de carapaças vazias e carnes putrefeitas. O miasma delas emanado viciara o ar. Abutres e brita-ossos banqueteavam-se perfurando as carapaças com seus fortes bicos. A fetidez da carniça e o repulsivo banquete dessas aves tornavam o espetáculo ainda mais intolerável. Arrastadas até a fatídica enseada por correntes marinhas, as tartarugas encalhavam na praia. Sem abrigo nem comida, ficavam ali, incapazes de voltar à água e nadar contra a corrente, expostas aos ataques dos predadores. Era um vasto cemitério animal, armadilha da natureza contra aqueles grandes e indefesos répteis marinhos. E não paravam de chegar, já não se via a areia sob as ossadas e as carapaças secas. Suba tapou o nariz para não mais respirar aquele cheiro de morte. Galash não falava, não grunhia mais. Serenara. Suba acompanhava o movimento das ondas, lento e regular, e os vãos esforços das tartarugas-gigantes para escapar à corrente. Os abutres pairavam iminentes. O jovem príncipe observava o fluxo e refluxo do mar, a morte em movimento. Havia naquele espetáculo algo de absurdo e revoltante. Diante daquela imensa e inútil carnagem, Suba compreendeu por que Galash o trouxera até ali. Precisava construir um mausoléu no local. Naquele lugar podre onde vinham padecer as pobres tartarugas prisioneiras das águas, haveria um túmulo para Tsongor, o assassino, responsável pela morte de milhares de homens. Ali ergueria um túmulo digno do rei que arrasara cidades e queimara países inteiros, um túmulo para Tsongor, o selvagem, a quem nada intimidava. Esse túmulo seria a sua face guerreira. Ali construiria o sexto mausoléu. Para completar o retrato do pai, faltava um esgar de horror: um túmulo maldito, em meio à ossaria e aos pássaros saciados de carne.

Com a chegada de Mazebu, a guerra recomeçou. A planície encheu-se de sangue outra vez. Os dias e os meses ganhavam o ritmo do vaivém dos guerreiros. Posições eram conquistadas, depois perdidas, depois recuperadas. Milhares de passos traçaram na poeira da planície trilhas de sofrimento. Avançavam, recuavam, morriam. Os cadáveres secavam ao sol. Viravam esqueletos. Com o tempo, os ossos esfarelavam-se, e outros guerreiros vinham morrer naquela poeira humana. Era a maior carnificina já testemunhada pelo continente. Os homens envelheciam, definhavam. A guerra dava a todos a tez arenosa das estátuas de mármore. Mas, apesar dos golpes sofridos e do cansaço, seu vigor não diminuía e continuavam a atracar-se com a mesma raiva de cães famintos, alucinados pelo cheiro do sangue, que só pensam em dilacerar o outro, sem sentir que estão morrendo lentamente.

Certa noite, Mazebu chamou o filho ao terraço palaciano. Fazia calor. Ostentando um ar decidido, a imperatriz falou a Kuam com autoridade.

— Escuta-me e não me interrompas. Já faz tempo que estou aqui, lutando a teu lado, vivendo todos os dias a cólera e as privações. Graças a minha intervenção, Massaba foi salva desse cão Sango Kerim. Mas depois meus ataques foram inúteis. Chamei-te aqui para dizer isso, Kuam. Hoje paro. Amanhã retornarei ao reino do sal. Não é bom deixar um país tanto tempo acéfalo. Não tenhas receio. Partirei sozinha, as amazonas ficam. Não quero que Massaba caia por minha causa. Mas escuta o que tua mãe te diz. Quiseste essa mulher para ti e lutaste por ela. O que não conseguiste até agora o futuro não te concederá. Se Samília ainda não é tua, nunca será. Os deuses terão decidido assim. Tu e aquele cão tendes a mesma determinação e a mesma astúcia. Exaurindo um ao outro, só fizestes prolongar a guerra. Abandona, Kuam. Não há desonra alguma nisso. Sepulta teus mortos e cospe nessa cidade que te custou tanto. Cospe nessa princesa cujo rosto é feito de cinzas. Aqui a vida vai deixando-te lentamente. Perdes teus anos sobre a muralha de Massaba. Reservo-te tantas outras coisas. Deixa essa mulher para Sango Kerim ou para quem a quiser. Nada podes esperar dela a não ser gritos e sangue nos lençóis. Não me dirijas esse olhar de reprovação. Não, não tenho medo de Sango Kerim. Não estou fugindo da luta. Vim tentar lavar a ofensa contra ti. Ninguém pode acusar-me de covardia. Mas não há glória em levar os seus à morte. Resigna-te, Kuam. Vem comigo. Ofereceremos a Sako e a seus homens a hospitalidade de nosso reino, para que não sejam massacrados após nossa partida. Sairemos todos de Massaba durante a noite, sem alarde. Amanhã de manhã, os cães conquistarão uma cidade morta, e, acredita-me, não ouvirás ao longe nenhum brado de vitória. Pois, quando entrarem nas ruas sem vida de Massaba, compreenderão que não venceram. Cerrando os dentes de raiva, perceberão que abandonamos a guerra para abraçar a vida e que os deixamos ali, na poeira das batalhas, em meio à morte e às quimeras.

Assim falou Mazebu. Com a fisionomia fechada, Kuam escutara a imperatriz sem nada dizer e sem tirar os olhos dela. Depois do que ouvira, disse:

— Mãe, deste-me a vida duas vezes: no dia em que me pariste e no dia em que salvaste Massaba. Não tens do que te envergonhar. A glória acompanha-te. Volta em paz ao nosso reino, mas não me peças que vá junto contigo. Ainda tenho uma mulher a recuperar e um homem a matar.

A imperatriz Mazebu deixou Massaba no meio da noite, montando seu zebu real. Escoltada por dez amazonas, deixou para trás o filho, aferrado àquelas núpcias sangrentas. Deixou as sete colinas entregues à morte lenta.

A guerra recomeçou, e a vitória não escolhia seu lado. Os dois exércitos ficavam cada vez mais imundos e enfraquecidos. Eram só vultos descarnados, corpos secos e gastos pelo luto e pelos anos.

Já havia várias noites, o cadáver de Tsongor agitava-se, sacudido por sobressaltos, como um doente com febre alta. Em seu sono de morto, exibia esgares passageiros. Katabolonga às vezes o via tapar os ouvidos com as mãos. O rastejante não sabia o que fazer, algo ali escapava ao seu entendimento. Limitava-se a acompanhar a progressão da ansiedade no corpo do velho soberano. Uma noite, afinal, Tsongor, já quase sem forças, abriu os olhos e falou. Sua voz mudara. Era a voz de um homem derrotado.

— Ouço outra vez o riso de meu pai — disse.

Do pai de Tsongor, Katabolonga nada sabia. O amigo nunca lhe falara. Para ele, Tsongor nascera da união entre um cavalo e uma cidade. Permaneceu em silêncio, e Tsongor continuou:

— O riso de meu pai ressoa em meu espírito. Escuto-o o tempo todo, com a mesma inflexão do último dia em que o vi. Ele estava acamado. Foram chamar-me dizendo que não tardaria a morrer. Mal me viu, pôs-se a rir. Era um riso de desprezo, uma gargalhada infame a sacudir aquele velho corpo fatigado. Ria com ódio. Ria para insultar-me. Não fiquei. Nunca mais o revi. Naquele momento, decidi não esperar nada dele. Seu riso anunciava que nada cederia. Ria de minha esperança de ser seu herdeiro. Enganava-se. Ainda que me tivesse legado seu obscuro reinozinho, eu não teria aceitado. Queria mais. Queria erguer um império capaz de ofuscar o seu, de abafar aquele riso. Tudo o que fiz desde aquele dia, as campanhas, as marchas forçadas das colunas, as conquistas, as cidades construídas, tudo isso fiz para ficar longe do riso de meu pai. Mas hoje tornei a ouvi-lo. Ressoa agora como ressoava antigamente. Com a mesma crueldade escarninha. Sabes o que me diz esse riso, Katabolonga? Que nada transmiti aos meus. Construí esta cidade, sabes melhor que ninguém, pois estavas a meu lado, para durar. O que resta dela agora? É a maldição dos Tsongor, Katabolonga. De pai para filho nada além de poeira e desprezo. Fracassei. Queria ter legado um império, que meus filhos ampliariam ainda mais. Porém meu pai voltou. Ele ri. E tem razão. Ri da morte de Liboko, do incêndio de Massaba. Ri. Tudo desmorona e morre a meu redor. Fui presunçoso. Sei o que devia ter feito. Para transmitir a meus filhos o legado de Tsongor, devia ter-lhes transmitido o riso de meu pai. Pouco antes de morrer, devia tê-los chamado e ordenado que Massaba fosse incendiada bem diante de seus olhos. Devia ter feito isso e deixado o fogo consumir a cidade até não sobrar mais nada. Durante o incêndio, teria rido como meu pai riu. De Tsongor só teriam herdado cinzas. E um apetite feroz. Teriam tido a necessidade de reconstruir tudo, para reencontrar a antiga felicidade, a antiga vida. Assim lhes teria transmitido o desejo de suplantar o pai. Sua única herança teria sido um apetite de contrair o estômago. Talvez tivessem odiado Tsongor como odiei aquele velho que, em seu leito de morte, ria para insultar-me. Mas esse ódio ao pai teria aproximado meus filhos de mim. Teriam sido de fato meus filhos. Hoje o que são? O riso de escárnio nada tem de descabido. Deveria ter destruído tudo.

Katabolonga mantinha-se calado. Não sabia o que dizer. Massaba estava destruída, Liboko morto. Talvez Tsongor tivesse razão. Talvez ele só tivesse transmitido aos seus a violência selvagem do guerreiro, o gosto pelas chamas e pelo sangue. Tsongor tinha isso nele. Katabolonga sabia-o melhor que ninguém.

— É verdade, Tsongor — respondeu ao rei mansamente. — Fracassaste. Teus filhos devoram teu império e nada herdarão de ti. Mas eu estou aqui. E legaste-me a Suba.

Tsongor a princípio não compreendeu. Não via como Katabolonga podia pensar que fora legado em herança a um de seus filhos. Aos poucos, no entanto, sem saber por quê, aquilo pareceu-lhe acertado. Tudo seria destruído. Tudo. Só restaria Katabolonga, impassível nas ruínas. Nele residia todo o legado de Tsongor. Na fidelidade do amigo que esperava Suba, com sua teimosa e inabalável paciência. Sim. Até mesmo sem que o filho o soubesse, herdara a fidelidade calma de Katabolonga. O amigo devia estar certo: o riso do pai não ressoava mais em sua cabeça.

NÃO, A VITÓRIA não vinha. Mazebu deixara Massaba, e Kuam começava a dar-lhe razão. Nunca venceria. Mas não conseguia ir embora, segundo aconselhara a mãe. Não por medo de ser tachado de covarde. Pouco lhe importava o juízo que fariam. Repugnava-lhe era a idéia de Sango Kerim ter Samília, usufruir de seu corpo. Imaginava os enlaces entre ambos, e isso causava-lhe asco. A vontade de lutar, contudo, já não existia. Ficara menos engenhoso. Arremetia contra o inimigo com menos raiva. Uma tarde, ao voltar da batalha da qual mais uma vez ninguém saíra vencedor, olhou para seus companheiros. Encurvado pelos anos, o velho Barnak avançava mantendo-se nessa postura, que tornava suas omoplatas demasiado salientes. Falava sozinho, e nada podia tirá-lo daquele permanente devaneio. Já Arkalas não despia mais os trajes de guerra. Ria à noite em sua tenda, para os fantasmas em torno dele. Sako ainda mostrava vigor, porém a barba que deixara crescer conferia-lhe a aparência de um velho eremita guerreiro. Só Gonomor talvez não tivesse mudado: era sacerdote dos deuses, a mão

do tempo sobre ele não pesava tanto. Kuam observou o bando de amigos que voltava do campo de batalha arrastando as armas, os pés e os pensamentos na poeira. Viu aquela rude tropa de homens sem fala, sem riso: não viviam. Percorreu-os com o olhar e murmurou:
— Não é possível. Isso precisa acabar.

De manhã, ordenou que todos se preparassem para descer até a grande planície de Massaba. Enviou um mensageiro para avisar a Sango Kerim que o esperava. Pediu que viesse com Samília. Não era nenhum estratagema, deu sua palavra.

Os dois exércitos prepararam-se como sempre faziam. Não obstante, ao vestir a armadura de couro ou ao selar o cavalo, cada guerreiro sentiu a proximidade de um acontecimento capaz de alterar a infindável rotina de matanças.

As forças dos dois lados desceram até a planície no passo lento das montarias. Os cascos dos animais esmagavam crânios e ossos na passagem. Quando os dois exércitos ficaram frente a frente, a algumas dezenas de metros um do outro, estacaram. Todos estavam ali. Do lado dos nômades, alinhavam-se Rassamilagh, Bandiagara, Órios, Danga e Sango Kerim. Em face deles, silenciosos, postavam-se Sako, Kuam, Gonomor, Barnak e Arkalas. Ao lado de Sango, Samília. Montada num cavalo negro como o azeviche, o rosto coberto por véus, mantinha-se ereta e impassível em seu traje de luto.

Kuam então se aproximou. Quando ficou a alguns passos de Sango Kerim e Samília, falou alto para que todos pudessem ouvi-lo.
— É difícil, Sango Kerim, estar diante de ti novamente. Não o nego. Durante muito tempo achei que tua mãe tinha parido um cadáver e que me bastaria um empurrão para ver teus ossos espatifarem-se na terra. Mas não paramos de lutar, e nenhum de meus golpes te fez cair. Estou outra vez diante de ti, e minha vontade é esganar-te, por me pareceres, a tão curta distância, fácil de matar.

Não hesitaria em fazê-lo, se não tivesse a certeza de sermos apartados pelos deuses, antes que te sufocasse e te rasgasse o ventre para lavar as mãos em teu sangue. Não duvides de meu ódio contra ti, Sango Kerim. Apenas sei que não posso sair vitorioso.

— Dizes as coisas tal como são — confirmou o outro. — Nunca pensei que pudesse ficar a esta distância de ti sem fazer tudo para cortar tua garganta. Mas a mim também os deuses sussurraram que não me concederiam essa alegria.

— Olho para teu exército — retomou Kuam — e verifico satisfeito que se acha no mesmo estado que o meu. São duas multidões estropiadas de cansaço, cujos guerreiros se apóiam em suas lanças para não cair. Temos de admiti-lo: estamos no limite de nossas forças e só a morte tem ganhado fôlego nesta planície.

— Dizes a verdade, Kuam — reconheceu o rival. — Marchamos como sonâmbulos para a frente de batalha.

— Eis o que pensei, Sango Kerim — disse o príncipe após breve pausa.

— Depois de tantos combates, nenhum de nós dois aceitará abrir mão de Samília. Seria vergonhoso capitular assim. Só há uma solução.

— Estou ouvindo — respondeu Sango.

— Que Samília faça como o pai, que se mate, para selar a paz — propôs Kuam.

Nos dois exércitos, o alvoroço foi imenso. Ao ruído dos arneses, das armas e dos arreios sobrepôs-se o falatório das frases que os soldados se repetiam. Sango Kerim ficou pálido de espanto. Só conseguiu perguntar:

— O que dizes?

— Ela não será de ninguém — reiterou Kuam —, sabes tão bem quanto eu. Morreremos todos sem que um dos dois a conquiste. Samília é o rosto da desgraça. Que ela mesma corte a garganta na qual ninguém nunca porá a mão. Não é fácil para mim condená-la, ao contrário do que possas pensar. Nunca desejei tanto tê-la quanto hoje. Mas, com a morte de Samília, suspenderemos a guerra e salvaremos todos esses guerreiros.

Kuam falara com veemência, tinha o rosto vermelho. As palavras pronunciadas queimavam o príncipe das terras do sal. Ele ainda se agitava sobre o cavalo.

— Como ousas falar assim? — interpelou-o Sango Kerim. — Por um instante, julguei-te sensato, mas vejo que os anos de luta te fizeram perder a razão.

Kuam exultava. Não por essa resposta de Sango, mal a ouvira. Exultava pela raiva nele despertada. Não queria dizer aquelas palavras, ainda assim as disse. Via Samília, imperturbável, bem diante dele, e condenava-a à morte, quando na verdade queria abraçá-la, apertá-la contra o peito. Apesar disso, falara. Febrilmente. Agora precisava ir até o fim, mesmo enlouquecido de dor.

— Não assumas esse ar ultrajado, Sango Kerim — continuou o rival. — É muito nobre de tua parte defender essa mulher. Mas talvez mudes de opinião quando souberes de todos os fatos, quando souberes que ela se ofereceu a mim, a mulher a ti tão cara. Depois de ter tomado teu partido, escolhido ficar a teu lado, entregou-se a mim, uma noite, no acampamento. Não estou mentindo. Ela pode confirmá-lo. Não é verdade, Samília?

Fez-se um silêncio de pedra. Até os abutres notaram a súbita paralisia das tropas e interromperam sua refeição ainda com pedaços da carne dos cadáveres no bico. Samília permanecia impassível. Com o rosto escondido sob os véus, ela disse:

— É verdade.

— E foste violentada? — perguntou o príncipe, quase delirante.

— Ninguém jamais me violentou, nem jamais o fará — respondeu.

O rosto de Sango Kerim transfigurara-se. Uma raiva fria dominava-o. Não se mexia, nem falava. Kuam prosseguiu, cada vez mais exaltado.

— Compreendes, Sango Kerim? Ela nunca pertencerá a qualquer de nós dois. E continuaremos a massacrar-nos. É a única saída. Que ela se mate, como fez o pai.

Sango Kerim voltou o cavalo na direção de Samília e dirigiu-se a ela diante de seus guerreiros pasmos.

— Durante todo esse tempo lutei por ti. Para ser fiel ao juramento feito entre nós. Para oferecer-te meu nome, minha cama e a cidade de Massaba. Reuni por tua causa um exército de nômades, homens que, por amizade a mim, aceitaram vir morrer aqui. Hoje fico sabendo que te entregaste a Kuam, que ele usufruiu de ti. Então, passo a concordar com meu inimigo e, como ele, exijo tua morte. Olha para todos esses homens, para esses dois exércitos misturados e pensa que um gesto teu pode poupar a vida de tantos guerreiros. Apesar de tua desonra, não consentirei em abandonar-te a Kuam: seria uma dupla humilhação. No entanto, se te matas, não és de mais ninguém. E, quando teus cabelos se molharem de sangue e teu espírito estiver deixando teu corpo, ouvirás o brado de satisfação dos guerreiros a quem terás restituído a vida.

Kuam sorria como um demente às palavras de Sango Kerim. Percorrendo as fileiras de seu exército, perguntava a todos:

— Quereis que ela morra? Quereis que ela morra?

E, dos dois lados, cada vez mais vozes gritavam:

— Sim. Que morra.

Primeiro foram dezenas de vozes, depois centenas, depois a totalidade das tropas. Aqueles homens pareciam ter redescoberto uma esperança de repente. Olhavam aquele frágil corpo negro, imóvel, e percebiam que sua extinção bastaria para encerrar a guerra. Então cada um dos soldados gritava, cada vez mais alto. E todos eles bradavam com alegria e fúria. Sim, Samília precisava morrer. Assim tudo podia acabar.

Com um gesto, Sango Kerim impôs silêncio, e os olhares voltaram-se para aquela criatura calada. Lentamente, Samília retirou o véu. Todos os guerreiros puderam ver o rosto da mulher por quem morriam já fazia tanto tempo. Era bela. Resolveu falar, e a areia da planície ainda se lembra de suas palavras.

— Quereis minha morte — disse. — Diante de vossos homens reunidos, quereis acabar com a guerra. Muito bem, cortai-me a garganta e selai vossa paz. Se nenhum de vós tem coragem, que um guerreiro qualquer se apresente e faça o que seu chefe não ousou fazer. Estou sozinha e cercada por milhares de homens. Não fugirei e, se me debater, não tardareis a imobilizar-me. Vamos. Estou bem aqui. Que um dos dois venha até mim e acabe logo com tudo. Então? O que estais esperando? Não dizeis nada? Não é isso que desejais? Quereis que Samília se mate. E tendes a desfaçatez de me pedir isso! Nunca! Ouvistes bem? Nunca exigi nada. Apresentastes-vos a meu pai, primeiro com presentes, depois com tropas. A guerra estourou. E o que ganhei? Noites de luto, rugas e poeira. Não, nunca o farei! Não quero deixar a vida. Ela nada me ofereceu. Era rica, agora minha cidade está destruída. Era feliz, agora meu pai e meu irmão estão enterrados. Entreguei-me a Kuam, sim. Na véspera do dia que teria visto a queda de Massaba, não fosse a chegada de Mazebu. E, se o fiz, foi porque aquele homem estava condenado. Foi como acariciar o rosto de um morto. Assim, ao avançar nas trevas, ele sentiria por mais tempo o cheiro da vida. Agora, Kuam, vens aqui e diante de todos o revelas. Mas não me entreguei a ti. Entreguei-me a tua sombra derrotada. Malditos sede os dois por desejar que me mate. E vós, meus irmãos, não dizeis nada? Não pronunciastes uma só palavra para me defender desses dois covardes. Vejo em vosso olhar: consentis em minha morte. Contais com ela! Malditos sede vós também, pelo rei Tsongor, vosso pai! Escutai bem o que vos diz Samília: nunca voltarei uma faca contra minha própria carne. Se desejais minha morte, tratai de sujar vossas mãos, cortai vós mesmos esta garganta. A partir de hoje, não pertenço mais a ninguém. Cuspo em tua cara, Sango Kerim, e em nossas recordações de infância. Cuspo em tua cara, Kuam, e na da mulher que te deu à luz. Cuspo em vossa cara, meus irmãos, que destruís um ao outro com ódio visceral. Ofereço-vos outra solução para pôr fim à guerra. Não serei de ninguém. Nem me puxando pelos cabelos, havereis de forçar-me a compartir vossa cama. Nada mais vos obriga à guerra. A partir de hoje, não lutais por mim.

Em silêncio e sem um olhar sequer para os irmãos, Samília virou as costas aos dois exércitos e foi embora. Estava só e sem nada. Deixava para trás sua existência até aquele dia. Kuam e Sango Kerim quase a alcançavam, quando um grito os impediu. Vinha das fileiras do exército de Kuam, era potente e rouco, como uma voz de séculos distantes.

— Filho de um cão, enfim te reencontro. A morte agora recairá sobre ti e todos os teus.

Todos tentaram identificar a quem pertencia a voz e a quem se dirigia. Viraram-se em todas as direções. Mas antes que descobrissem, ecoou um grito de guerra, e viram Arkalas sair das fileiras como uma flecha. Era ele, o guerreiro louco, o autor dos insultos. Ninguém reconheceu sua voz, porque não falava havia anos. Ali estava Bandiagara, ao lado de Sango Kerim. Arkalas custou a perceber de quem se tratava. Passara-se muito tempo desde o dia sangrento em que, sob a influência do letal sortilégio do inimigo, ele metodicamente chacinara todos os seus homens. De repente, assomara a seu conturbado espírito toda a tragédia. Foi quando gritou injúrias a Bandiagara. Em segundos, estava bem diante do execrado adversário. E antes que pudessem fazer qualquer gesto, atirou-se do cavalo sobre Bandiagara e abocanhou como um morcego voraz o rosto do outro. Com horrenda fúria, devorava-lhe a face, fazendo enormes buracos, arrancando o nariz, as bochechas, tudo.

O pânico tomou conta dos guerreiros. Arkalas arrastou em seu ataque os dois exércitos. E novamente as tropas se enfrentaram. Kuam e Sango Kerim não puderam ir atrás de Samília. Num instante, cada um se viu cercado de dezenas de homens, e tiveram de lutar. Sofrendo investidas de toda parte, não conseguiram esquivar-se da guerra. E Samília afinal desapareceu atrás da última colina.

A batalha durou o dia todo. Quando os exércitos se retiraram, Sango Kerim e Kuam estavam exaustos e ensopados de sangue. Naquela noite, em Massaba como nas tendas nômades, ninguém dormiu. Gritos medonhos ecoavam na escuridão: no meio da planície, Bandiagara ainda se agarrava à vida. Arkalas inclinava-se sobre ele. Removera-o da frente de batalha, para mais tarde dedicar-se plenamente a sua tortura. Com a praça vazia, o predador voltou à presa. Ninguém podia vê-los, mas ouviam-se os lancinantes uivos de Bandiagara, misturados ao riso de seu meticuloso algoz. Pedaço por pedaço, Arkalas continuava a retalhá-lo. O corpo de Bandiagara era uma grande ferida mastigada a exsudar lágrimas. Mil vezes implorou a seu assassino que desse cabo dele, e mil vezes Arkalas riu às gargalhadas, para em seguida mergulhar os dentes em sua vítima.

Com a chegada da aurora, Bandiagara enfim morreu. Era um monte de carne aberta, irreconhecível, abandonado aos insetos. A partir daquele dia, os dentes de Arkalas ficaram vermelhos de sangue, como marca de sua vingança carniceira.

A CONSTRUÇÃO DO MAUSOLÉU das tartarugas foi a mais longa e penosa de todas. O pestilento miasma tornava os dias intermináveis. Os operários trabalhavam oprimidos e desanimados. Construíam algo feio, isso pesava-lhes.

Quando o túmulo foi concluído, Suba deixou a região e tornou a vagar pelas estradas do reino. Não sabia mais aonde ir. O mausoléu das tartarugas suscitara nele a dúvida. Fazer o retrato do pai era impossível. No fundo, o que de fato sabia sobre o homem que fora Tsongor? Quanto mais palmilhava o reino, menos se sentia capaz de responder a essa pergunta. Via cidades enormes cercadas de muralhas. Estradas de ligação entre as regiões, todas pavimentadas. Via pontes, aquedutos, e sabia que tudo era obra de Tsongor. Entretanto, quanto mais descobria a imensidão do império, mais se dava conta da força selvagem e implacável necessária para impor tamanho poder. Narraram-lhe as conquistas de Tsongor como lendas de um herói. A vida do pai, percebia agora, fora feita de raiva e suor: subjugar regiões inteiras, realizar o cerco a cidades opulentas, até sucumbirem asfixiadas, massacrar os insubmissos, decapitar os velhos soberanos. Suba percorria todo o reino e constatava não saber nada do jovem Tsongor, de suas iniciativas e reações, da violência e da dor por ele infligidas aos outros ou por ele sofridas. Tentava imaginar o homem que, durante tantos anos de conquistas, conseguira levar seu exército a superar a mais completa exaustão. Esse homem só Katabolonga conhecera.

Era preciso um lugar que mostrasse todas as faces de Tsongor: o rei, o conquistador, o pai, o assassino. Um lugar capaz de revelar seus segredos mais íntimos, seus medos, seus desejos e seus crimes. Mas um lugar assim o reino certamente não possuía.

Suba sentia-se extenuado pela amplidão de sua tarefa. Pela primeira vez, ocorria-lhe a possibilidade de passar a vida procurando e de morrer sem ter encontrado.

Então, num desvio de sua errância, chegou às colinas dos dois sóis. Ao fim do dia, a terra ali parecia cintilar de luz. Bem devagar o sol se punha, e as colinas iluminavam-se com reflexos amendoados. Alguns vilarejos davam a impressão de flutuar na luz. Suba parou para apreciar a beleza daquela paisagem. Estava no alto de uma colina. Fazia calor, um calor delicioso de fim de tarde. Alguns metros à frente dele, erguia-se um cipreste alto e solitário. Suba ficou imóvel, compenetrando-se da impressão provocada por aquele lugar. "É aqui", pensou. "Aqui ao pé do cipreste simplesmente. Nada mais é preciso. Um túmulo comum de homem, atravessado de luz. Aqui. E exatamente assim." Suba sentiu-se em casa. Tudo lhe parecia familiar. Refletiu um bom tempo, e uma idéia passou a atormentá-lo. Não, aquele local não convinha a Tsongor. A humildade, o apagamento não se afinavam com ele. Não era Tsongor que deveria ser enterrado ali, mas Subà, o filho errante. Sim, tinha certeza disso agora. Ali deveriam sepultá-lo quando morresse. Tudo lhe dizia ser aquele o lugar de seu futuro túmulo.

Desceu do burro e aproximou-se do cipreste. Ajoelhou-se e beijou o chão. Apanhou um pouco de terra e pôs num dos amuletos que trazia em torno do pescoço. Queria ter perto de si o cheiro da terra dos dois sóis, região que um dia o hospedaria em definitivo. Ergueu-se e disse às colinas:

— Quero ser enterrado aqui. Não sei quando vou morrer, mas hoje encontrei o lugar onde isso há de acontecer. Voltarei aqui no meu último dia de vida.

Quando o sol afinal se pôs, montou novamente e partiu. Encontrara o lugar de sua morte. Deveria ser assim para cada homem. Cada um tinha uma terra que o esperava, uma terra de adoção onde morrer. Um lugar também aguardava por Tsongor. Em algum ponto havia uma terra à imagem e semelhança do rei. Bastava-lhe viajar, acabaria encontrando-a. De nada adiantava construir mausoléus. Nunca faria um que fosse o retrato verdadeiro e integral do pai. Precisava viajar. O lugar existia. Apertava o amuleto com a mão. Achara a terra que o recobriria. Restava achar a terra de Tsongor. Esta haveria de apresentar-se a ele como uma evidência. Sentia isso. Uma evidência, e sua tarefa estaria cumprida.

Capítulo VI
Última morada

ENQUANTO PERCORRIA o reino em sua sela, o filho de Tsongor olhou as próprias mãos. A tira de couro das rédeas pendia-lhe entre os dedos. Uma porção de pequenas rugas surgiu nas falanges. O tempo passara deixando sua marca. A própria solidão acabava por hipnotizá-lo. Montado em seu burro, ficava assim, de cabeça baixa, um dia inteiro, esquecendo de parar, de comer, inteiramente absorvido pela idéia de sua vida escoar-se sobre a sela daquele animal, sem que ele conseguisse realizar sua missão, se permanecesse sozinho. O reino era um continente. Não sabia onde procurar. Ouvira falar do oráculo das terras sulfurosas e decidiu ir até lá.

No dia seguinte, dirigiu-se a essas terras e logo se achou no meio de uma região de rochedos escarpados, penhascos. O enxofre dava ao solo uma cor amarela. Vapores escapavam da rocha. Parecia uma terra vulcânica, pronta a abrir-se liberando jatos de lava. O oráculo estava bem ali, em meio a essa paisagem árida. Era uma mulher. Sentada no chão, com o rosto oculto por uma máscara de madeira que nada representava e os seios semi-encobertos por pesados colares já bem gastos.

Suba sentou-se defronte a ela. Quis identificar-se e fazer a pergunta que o trouxera até ali; mas, com um gesto, o oráculo pediu-lhe silêncio. Estendeu-lhe uma tigela, e ele bebeu seu conteúdo. Então a sacerdotisa manipulou ossos e raízes queimadas, esfregando-os uns contra os outros. Convidou-o a untar com banha o rosto e as mãos. E ele sentiu que podia fazer a pergunta.

— Meu nome é Suba. Sou filho de Tsongor. Procuro no imenso reino de meu pai um lugar para enterrá-lo, um lugar cuja terra esteja esperando por ele. Procuro e não encontro.

O oráculo nada respondeu de início. A velha mulher tomou da mesma beberagem e em seguida cuspiu tudo numa golfada que se evaporou no ar. Só aí o jovem príncipe a ouviu falar, numa voz aguda e áspera, capaz de fazer estremecer a terra à volta dele.

— Só encontrarás o que procuras quando fores tu mesmo um Tsongor, quando sentires vergonha de ti próprio.

Ela olhou fixo para Suba e começou a rir, insistindo:

— Vergonha, sim. Tratarei de ajudar-te nisso. Conhecerás a vergonha, asseguro-te.

Ela continuava a rir. Suba ficou engasgado. A raiva crescia nele. A velha não respondera à pergunta. O riso, os dentes amarelados, tudo era um insulto. Ela escarnecia dele. Seu pai era o rei Tsongor, nunca teria motivo de envergonhar-se. Não era a infâmia que os Tsongor transmitiam de pai para filho. Tudo aquilo era absurdo e ofensivo. Uma velha louca zombava dele. Quase levantou e foi embora, mas queria fazer outra pergunta. Queria ter notícias de sua cidade. Pois, sempre que o informavam sobre Massaba ou que indagava a respeito, repetia-se a frase: "Ainda estão lutando por lá." Os rumores não diziam nada diferente. Nenhum outro detalhe chegava até seu conhecimento. Mais ninguém sabia quem lançara o último ataque e quem o repelira. Estavam em guerra. Só sabia isso. Pediu ao oráculo notícias dos seus. Ela mais uma vez cuspiu ao céu um jato de líquido azul, rapidamente evaporado, e gritou em sua cara:

— Mortos. Estão todos mortos. O primeiro foi teu irmão, Liboko, morto como um rato. Os outros virão a seguir. Morrerão todos, um por um, como ratos.

Novamente o riso deformou-lhe o rosto. Suba estava transtornado. Tapou os ouvidos para não ouvir mais nada, porém o chão sob ele também parecia rir. Não conseguia abstrair-se do riso ercarninho da velha. Imaginava o irmão Liboko jazendo na poeira. Tomado de cólera, num salto pôs-se de pé, agarrou um bastão pesado e acertou violentamente a cabeça do oráculo. Com o ruído daquele golpe surdo, o riso cessou. O corpo caiu inerte. Suba não ouvia nem via mais nada. Ainda furioso, segurava o bastão com força. Liboko, seus irmãos. Bateu de novo. Bateu muitas vezes, até que, ofegante e molhado de suor, largou o bastão e recobrou a consciência de seus atos. Diante do amontoado de carne sem vida a seus pés, foi dominado pelo terror e fugiu.

Picou os flancos do burro sem saber aonde ir. Não conseguia livrar-se da imagem da velha. Matara. Por nada, por um riso. Por raiva. Matara. O riso, a voz. Percebia a força surda nele presente, a onda capaz de submergi-lo como agora. Matara. Tinha isso dentro de si. Abrigava essa raiva, suficiente para matar. Trazia o assassinato no sangue. Era um Tsongor, portanto um homicida também.

Durante dias, deixou-se carregar pelo burro, incapaz de escolher um rumo, avançando, nessa deriva, ao sabor das estradas e caminhos. As mãos tremiam, deixara o bastão para trás e seguia emudecido. Um monstruoso cansaço invadia-o. Sentira a violência, essa violência selvagem dos Tsongor, que corria no sangue dos irmãos. E entregara-se ao prazer voraz da ira. Matara o oráculo. Agora sabia: não era melhor que os irmãos. Também podia matar por Massaba. E só a ordem do pai mantivera-o longe da carnificina e da febre da luta.

Deambulava pelas estradas, sem comer, sem parar, consumido pelo cansaço e pelo horror. Vagava, de cabeça baixa, fugindo instintivamente a toda forma de vida. Queria ficar só, invisível. Tinha a sensação que o crime cometido se lia em suas mãos. Às vezes chorava murmurando:

— Sou um Tsongor. Sou um Tsongor, afastai-vos de mim.

Como uma escrava fugida, Samília deixara Massaba sem levar nada consigo. Nos primeiros dias, preparou-se para resistir a Sango Kerim e Kuam, caso a alcançassem. Gritaria que a deixassem em paz, estava decidida a não ceder em nada. Mas nem Sango Kerim, nem Kuam vieram atrás dela. Claramente, ninguém perseguia a fugitiva. Ela tinha razão, não era mais nada. A guerra começara por sua causa. Mas, com o primeiro morto, primeiro homem a ser vingado, ela deixara de ser o objeto da disputa entre os dois lados. Sangue chamava sangue, e os pretendentes terminaram por esquecê-la. Só o vento das colinas insistia em acompanhá-la.

Samília passou então a levar uma vida nômade, indo de vilarejo em vilarejo e vivendo exclusivamente da caridade alheia. Nas estradas do reino, os camponeses interrompiam o trabalho na terra para ver passar a cavalo aquela insólita mulher de preto, que avançava de cabeça baixa. Ninguém se aproximava. Ela atravessava regiões inteiras sem nunca falar. Só pedia forças para seguir em frente. Envelheceu nas estradas, indo sempre reto. Acabou chegando aos confins do reino. Sem perceber, cruzou essa última fronteira e adentrou terras inexploradas. Assim, foi mais longe que o jovem rei Tsongor, esquecendo as terras natais do reino e seu aroma passado. Então de fato já não era ninguém. Não tinha mais nome nem história. Para os que a encontravam ao longo do caminho, não passava de um estranho vulto: mal lhe falavam e olhavam-na com o sentimento obscuro de que havia em sua figura algo de violento que convinha a eles evitar. Rogavam-lhe que não parasse. E Samília nunca parava. Avançava, obstinada, pelas estradas e sendas, até tornar-se para todos um ponto que desaparece ao longe.

Kuam e Sango Kerim reduziram-se a duas sombras secas e quebrantadas. A partida de Samília abalara-lhes o espírito. Não pensavam nem desejavam mais nada. Só queriam cobrir a terra de sangue. Eis o resultado de anos de guerra. Mataram tanto, esperaram tanto, e só lhes restavam, afinal de contas, lembranças de batalha como pecúlio. Os cães pareciam rir quando passavam. A loucura, que até então os rondara, apoderou-se deles.

De Massaba não sobrara nada. Os próprios habitantes encarregaram-se de destruí-la internamente. As casas, desmontadas pedra por pedra para preencher os buracos na muralha, ruíram. A cidade perdera a forma: só as fortificações permaneciam de pé, protegendo um monte de ruínas contra os assaltos externos. A poeira substituíra a pavimentação. As árvores frutíferas foram cortadas e queimadas. Samília fora embora. Ao fim dos combates, a batalha, para todos, estava perdida.

Então, uma última vez, Kuam e Sango Kerim reuniram seus exércitos na planície e, uma última vez, dirigiram-se a palavra.

— A guerra chegou ao fim — disse Sango. — Sabes tão bem quanto eu, Kuam. Só temos de acabar o que foi começado. Ainda há os que devem morrer e ainda não caíram. Nem tu nem eu podemos renunciar a esse último confronto. Mas quero proclamar aqui a regra do último dia de batalha, após o qual me calarei e terei apenas a morte e a fúria como guias. Diante de nossos dois exércitos reunidos, proponho o seguinte: que os homens desejosos de ir embora o façam já. Vós lutastes com dignidade. A guerra acaba hoje. E hoje começa a vingança. Que os guerreiros que têm para onde voltar voltem. Que os homens que têm uma mulher a sua espera partam agora. Que os afortunados que não perderam entes queridos cuja morte precisem vingar deponham suas armas. Para eles, tudo termina neste instante. Não obtiveram nenhuma das riquezas esperadas, mas vão embora com vida. Que demonstrem por ela um ciumento apego. Para os outros, logo começará o último confronto. Não haverá trégua. Lutaremos dia e noite. Lutaremos esquecendo Massaba e seus tesouros. Lutaremos para nos vingar.

— O que dizes é justo e verdadeiro, Sango Kerim — respondeu o rival. — A guerra acaba hoje. Em seguida, será a matança dos enfurecidos. Que os que ainda podem partam agora, não se envergonhem em fazê-lo e retornem ao lugar de onde vieram para contar o que fomos.

Nas fileiras dos dois exércitos, houve um longo e tenso silêncio. Os guerreiros entreolhavam-se. Ninguém se movia, ninguém ousava ser o primeiro a ir embora. Então Rassamilagh falou.

— Vou embora, Sango Kerim. Faz tempo que perdemos essa guerra. Faz tempo que me levanto todos os dias como vencido. Lamento aquela noite em que bebíamos aguardente de mirta do deserto e tudo poderia ter acabado. Acompanhei-te a toda parte. Sofri o que sofreste. Hoje hei de apaziguar-me. Se alguém quiser se vingar de mim, se alguém desejar me punir pela morte de um irmão ou de um amigo, tratarei de enfrentá-lo. Mas se ninguém se manifestar, partirei enterrando a guerra de Massaba na areia de meu passado.

Ninguém se mexeu. Lentamente, Rassamilagh saiu das fileiras. Ali se iniciava numerosa defecção. Em cada campo, em cada tribo, homens decidiam-se. Os jovens porque ainda tinham anos de vida pela frente e queriam rever suas famílias. Os velhos porque se aferravam ao desejo de ser enterrados em sua pátria. Todos se abraçavam, os que partiam dizendo adeus aos que ficavam, invocando em favor deles a proteção da terra e oferecendo-lhes suas armas, seus elmos, seus cavalos. Os que ficavam, porém, não queriam nada. Ao contrário, desejavam entregar-lhes suas posses. Diziam-se próximos do fim e, portanto, necessitados apenas da moeda a ser posta entre os dentes do morto. Confiavam aos que partiam seus bens, seus amuletos e mensagens a transmitir. Eram como um grande corpo que lentamente se fragmenta. Tanto de um lado quanto do outro, as fileiras clarearam.

Enfim os que partiam se aprontaram e deixaram a planície no mesmo dia. Não podiam estar presentes quando principiasse a batalha. Vendo o espetáculo dos companheiros em combate e em situação difícil, pegariam de novo em armas.

Só restara na planície um punhado de homens. Eram os já tresvariados pela guerra que aceitavam levar adiante a vingança. Todos ainda tinham alguém a matar. Todos queriam vingar um irmão ou um amigo e fixavam com um ódio de cão selvagem aquele sobre o qual se atirariam.

O velho Barnak estava entre eles. Aqueles de seus companheiros que decidiram partir depositaram a seus pés sua reserva de *khat*, formando-se uma pilha de erva seca, tamanha a quantidade. Barnak inclinou-se e entupiu a boca de *khat*. Mascava, cuspia, inclinava-se de novo e apanhava mais um punhado de erva. Depois de cuspir tudo, só sobraram a seu redor pedaços de raiz mastigada. Então sussurrou consigo mesmo:

— Agora não dormirei nunca mais.

Ninguém antes ingerira tal quantidade de droga. Seu corpo inteiro era sacudido por sobressaltos. Os músculos fatigados pelos anos tinham recuperado o vigor das serpentes. As visões que lhe sobrevinham faziam os olhos girar e uma baba aflorar nos lábios. Estava pronto.

O sinal foi dado, e aconteceu o confronto: o último ataque dos desatinados. Não havia mais estratégia nem fraternidade. Cada um lutava por si mesmo. Não para preservar a própria vida, mas para tirar a do inimigo a quem elegera. Era como um embate de javalis: cabeças rachavam, sangue esguichava nos rostos, armaduras fendiam-se. E o horrível clamor dos escassos guerreiros fazia tremer os velhos muros imóveis de Massaba.

Sango Kerim e Kuam foram os primeiros a investir um contra o outro. No meio do tumulto, tentavam a todo custo perfurar-se os flancos. E mais uma vez nem um nem outro conseguia vencer. O suor banhava-lhes o rosto, exauriam-se inutilmente nesse duelo. Então surgiu Barnak. Com um amplo gesto do braço, decapitou Sango Kerim. A cabeça rolou tristemente na poeira, e a vida esvaiu-se do corpo. Sango Kerim não pôde despedir-se da cidade que o viu nascer. Kuam abaixou o gládio, não conseguia acreditar. Ali, a seus pés, jazia seu inimigo. Mas sequer teve tempo de alegrar-se com essa vitória. O velho Barnak fitava-o com olhos alucinados. Não reconhecia mais ninguém, só via corpos a transpassar. Enfiou a espada até o cabo no pescoço de Kuam, que o mirou com enormes olhos de espanto. O príncipe desabou sem vida, morto pelo amigo, ao lado do rival decapitado.

Em seguida, dezenas de guerreiros dos dois lados cercaram Barnak como caçadores encurralam uma fera selvagem. O chefe dos mascadores de *khat* morreu transfixado por dezenas de lanças, apedrejado e pisoteado por homens dos dois exércitos.

Por toda parte caíam guerreiros, amontoavam-se corpos. Tudo se esgotava lentamente. Só restavam feridos horrendos que se arrastavam tentando escapar ao festim das hienas, atraídas em bando à planície. Sako foi o último a morrer. Danga rasgou-lhe o ventre expondo as entranhas do irmão e manchando-se com o sangue da própria família. Num derradeiro esforço, Sako conseguiu atingir Danga no pé, seccionando-lhe um tendão e uma artéria. O sangue jorrava, mas Danga ria. Vencera o rival.

— Tu morres, Sako, e a vitória é minha. Massaba e o reino de meu pai agora me pertencem. Morres aniquilado por Danga.

Deixando o cadáver do irmão para trás, quis correr até a cidade para abrir suas portas como o novo senhor de Massaba, para usufruir de seu bem. O sangue, entretanto, continuava a escoar do ferimento. Cada vez mais fraco, não conseguiu mais andar. A cidade pareceu-lhe então infinitamente distante. Rindo sempre, passou a rastejar. Embora não percebesse, a profecia realizava-se. Ele, o irmão gêmeo de Sako, nascido duas horas depois, morria também duas horas após o outro. Viveram exatamente o mesmo tempo. Como devia ser, Sako precedera-o na morte e agora o esperava impaciente. Danga rastejara até ficar sem forças, quase sem sentidos. Assim como fora parido em lençóis manchados do sangue do irmão, agonizava, coberto desse mesmo sangue, na terra tingida de vermelho. Cumprira-se a sinistra predição. A morte de um significava para o outro o termo de sua própria existência.

Quando Danga expirou, sem ter alcançado as portas da cidade, um grande silêncio abateu-se sobre Massaba. Não havia mais ninguém. Era chegada a hora do banquete das hienas comedoras de carniça e do vôo sombrio de seus rivais, os abutres.

— Não choras, Tsongor?

A voz de Katabolonga ecoou no vasto porão do sepulcro. O cadáver não respondeu.

— Não choras, Tsongor? — repetiu o outro.

Tsongor ouvia a voz remota do amigo, mas não respondia. Não, não chorava. Porém via-os passar, todos os seus filhos, todos os guerreiros de Massaba. Os últimos combatentes estavam ali, diante dele, feridos, mutilados ou desfigurados, todos com o olhar esmaecido pela exaustão e pelo sofrimento de tantos anos de guerra. Avançavam morosos, como num cortejo fúnebre. Reconheceu Kuam e Sango Kerim, este levava nas mãos a própria cabeça. Viu os dois filhos gêmeos, Sako e Danga, atracados um ao outro. Todos iam surgindo ali. Tsongor não chorava. Parecia-lhe estar vendo um desfile de loucos, ávidos de sangue. O rei permanecia imóvel, nem tentava chamá-los. Só sentia desprezo por esses guerreiros que se mataram até não sobrar ninguém. Nenhuma dor, só desprezo. Ao passar diante dele, os mortos percebiam e baixavam a cabeça. Tsongor julgava-os com a autoridade de um antepassado. Deixava-os passar sem dar uma palavra, sem tentar abraçá-los, beijá-los na testa uma última vez. Sentiram vergonha. Encaminharam-se para a margem sem esperar mais nada. Tsongor olhou-os desaparecer. Estavam todos ali. O rei observou bem cada corpo, cada rosto. Agora tinha certeza: Samília não figurava entre eles. A raiva então explodiu, e Tsongor falou aos condenados com sua voz de pedra e a fúria dos pais ofendidos.

— Nenhum de vós tinha o direito — bradou. — Morrestes, e Samília vive! Morrestes deixando-a sozinha! Dizíeis brigar por ela... Mas aniquilastes uns aos outros, até cair o último homem, e esquecestes Samília! Não há mais ninguém para proteger minha filha. Malditos sede vós!

A tropa foi sumindo. Nenhum se atreveu a virar para trás. Única sombra impedida de atravessar, Tsongor permaneceu ali. Uma voz distante chamava-o ao mundo dos vivos. Reconheceu-a. Era a voz de Katabolonga.

— Não choras, Tsongor?

Não, o amigo não chorava, cerrava os punhos de raiva, amaldiçoando os condenados.

Suba continuava a vagar pelas estradas, mas seu comportamento mudara. Tornara-se temeroso. Evitava as cidades, mantinha-se longe do convívio dos homens. O assassinato do oráculo atormentava-o. A vergonha não o largava. Pensava no pai, nas conquistas, nos crimes de Tsongor. Acreditava compreendê-lo agora. Pensava nas palavras do oráculo. Ela tinha razão. Não pensava mais nos mausoléus. A idéia de comandar um novo canteiro de obras horrorizava-o. Não, não construiria o último túmulo. Queria fugir, isolar-se do mundo. Era um perigo para os outros. Suas mãos podiam matar. Dirigiu-se lentamente, como um velho, para os grandes desfiladeiros do norte, entre altas montanhas escarpadas, selvagens, desertas de homens. Só lá poderia esconder-se, lá onde ninguém costumava aventurar-se, onde ninguém iria procurá-lo. Queria sumir, e os grandes desfiladeiros pareciam-lhe o labirinto ideal.

Quando chegou, o espetáculo monumental daquelas montanhas assombrou-o. Era um maciço acidentado. Longos desfiladeiros entrecortavam-no formando uma fina malha de caminhos de pedra. Nesses estreitos corredores, só passava um homem de cada vez. Fora a largura dessas passagens, todo o resto se distanciava abissalmente da escala humana. Às vezes, depois de seguir por um desfiladeiro, ele desembocava numa plataforma, semelhante a um terraço. E era a silenciosa imensidão da montanha, a perder de vista. Pela primeira vez, desde o assassinato da sacerdotisa, sentiu-se apaziguado. Esporádicos gaviões cortavam o céu. Estava isolado naquelas terras selvagens. Deixou-se levar na sela do burro.

Durante três dias, passeou por aquele rendilhado de pedra, obedecendo aos caprichos de sua montaria, sem comer nem beber, como uma folha levada pelo vento. No quarto dia, já sem forças, achou-se bruscamente diante da entrada de um palácio escavado na rocha. De início imaginou tratar-se de alucinação. Mas a entrada estava mesmo ali. Era de uma grandiosidade sóbria. Sim, ali seria enterrado Tsongor, soube-o de saída. Desceu do burro e ajoelhou diante do palácio. Talvez o próprio Tsongor o tivesse construído. Talvez tivesse vindo até ali e sentido o que Suba sentira perto do cipreste das terras ensolaradas. Ou talvez aquele palácio silencioso, desconhecido de todos, tivesse existido desde sempre. Os homens apenas o teriam esquecido. Sim. Ali seria enterrado Tsongor. Embora grandioso, um palácio escondido. Um magnífico mausoléu real que ninguém jamais encontraria. Ali descansaria Tsongor. As montanhas tinham a devida grandeza. Ali o rei poderia esconder sua infâmia. Ao filho de Tsongor não restava nenhuma dúvida: uma terra inteiramente fora da escala humana, infinitamente mais bela e mais selvagem, um lugar fora do mundo, aquele era o lugar de Tsongor.

Quando subiu de novo na sela, deu por encerrado seu longo exílio. Era hora de retornar a Massaba. Construíra seis túmulos em diferentes pontos do reino e encontrara o sétimo. A última morada de Tsongor. Só faltava enterrá-lo, para que afinal descansasse em paz.

Mais nenhum rumor de batalha veio interromper o sono denso do rei. Tsongor e Katabolonga não falavam. Não havia mais nada a dizer. Contudo, o velho soberano permanecia agitado. Katabolonga atribuía à moeda enferrujada, à ânsia de passar à outra margem do rio a causa dessa agitação. Um dia, enfim, Tsongor voltou a falar, e Katabolonga não ouvia sua voz havia tanto tempo, que pulou de susto.

— A meus filhos — disse — leguei meu império. Devoraram-no famintos e mataram-se sobre ruínas. Não choro por eles. Mas o que leguei a Samília? Nem o esposo que lhe prometi, nem a vida a que ela fazia jus. Onde está minha filha hoje? Dela nada sei. Era minha única filha e nada obteve de mim. A Suba talvez tenha transmitido o que sou. Mas Samília é a parte que me escapou irremediavelmente. E para ela, sobretudo, preparara meu legado. Queria dar-lhe um homem, terras. Assim minha vida teria servido para deixá-la a salvo, protegida dos infortúnios. Que minha sombra de pai zele por ela e seus descendentes. A Samília só leguei luto: o luto do pai, o luto progressivo dos irmãos, a morte de ambos os pretendentes, o saque e a destruição da cidade. O que lhe ofereci? Promessas de festa e casas em cinzas. Samília foi a parte sacrificada. Seu pai não queria isso. Ninguém queria. Mas todos a esqueceram.

Tsongor calou-se. Katabolonga não se manifestou, nada tinha a dizer. Muitas vezes pensara em Samília, perguntando-se se não era seu dever tentar encontrá-la, para acompanhar a filha de Tsongor aonde fosse, velar por sua segurança. Mas nada fizera. Apesar da compaixão pela princesa, sentia não ser esse o lugar dele. Sua fidelidade consistia em esperar Suba. Nada podia interferir nisso. Então, como os outros, deixara Samília desaparecer. Como os outros, sentia remorso. Pois sabia que era uma mulher sagrada, sagrada por tudo que atravessara, sagrada porque todos, sem exceção, sem nem ao menos perceber, sacrificaram-na.

O FILHO CAÇULA de Tsongor tomou o caminho de volta. Cavalgou semanas inteiras, impaciente de rever a terra natal e inquieto com o que iria descobrir. Seu burro envelhecera e avançava mais devagar. Embora quase cego, isso não o impedia de conduzir seu cavaleiro pelas estradas e caminhos do reino sem nunca hesitar. Na sela ainda pendiam as oito tranças das mulheres de Massaba, encanecidas com o tempo e o sofrimento. Como uma ampulheta, indicavam a Suba: uma vida se passara. O príncipe chegou com a aurora ao topo da mais alta das sete colinas. Lá embaixo avistou Massaba. Parecia-lhe um mesquinho amontoado de pedras. Apenas a muralha mantivera a imponência. A planície esvaziara-se: nem sinal dos antigos vilarejos de tendas ao pé da muralha. Nem se distinguia mais o traçado das estradas que costumavam trazer multidões de mercadores apressados. Não havia mais nada. O filho de Tsongor desceu lentamente a encosta e entrou em Massaba.

Era uma cidade deserta. Não se ouvia um ruído. Nada se movia entre aquelas pedras impassíveis. Massaba era só ruínas e desagregação. Os habitantes que sobreviveram à longa guerra acabaram por abandonar aquele lugar maldito. Deixaram tudo como estava: as praças deterioradas, as casas semidestruídas, agora inteiramente tomadas pela vegetação. O tempo cobrira as fachadas de musgo. O mato invadira os pátios, os terraços, crescera até nos telhados e nas rachaduras das paredes. Massaba fora gradativamente engolida pelas plantas. A hera agarrou-se às casas ainda de pé. O vento batia as portas e levantava uma grossa camada de poeira. A passos largos, cerrando os dentes, Suba percorreu as ruas da cidade. Massaba não caíra, fora apodrecendo. Vestígios dos combates passados juncavam as ruas. Eram pedaços de elmos, cacos de vidro, partes de máquinas de guerra queimadas.

Tudo lhe vinha à memória — o rosto dos que deixara para trás, a presença dos irmãos, a última noite passada com eles na véspera de sua partida, os cantos, a aguardente. Lembrava-se da irmã acariciando-lhe o braço, das lágrimas derramadas. Agora só ele sabia que tudo isso existira. O burro avançava na desolação, e era como se ele tivesse séculos de idade. Revia um mundo desaparecido. Percorria ruas devoradas pelo passado como um sobrevivente estúpido que vê uma geração de homens morrer e fica só, atônito, diante de um mundo sem nome.

Quando entrou no palácio do velho Tsongor, subiu-lhe um cheiro infecto. Uma colônia de macacos fixara domicílio nas espaçosas salas da residência real. Havia centenas e centenas deles. Os tapetes estavam cobertos de excrementos. Os animais deslocavam-se de uma sala para outra pendurando-se aos lustres. Suba teve de abrir caminho entre eles empurrando-os com o pé. Eram macacos uivantes, e seus agudos lamentos, o único som ouvido na cidade. Um lamento animal, inarticulado. Às vezes uivavam assim por noites inteiras. E esse concerto dilacerado fazia os muros do palácio vibrar.

Suba desceu até a grande sala onde descansava o pai. Estava escura. Ele andava devagar, tateando. Tropeçou várias vezes. Então ouviu um estrondo, vindo do meio da sala e seguido de uma súbita e ofuscante luminosidade. Uma tocha acabara de ser acesa.

Ficou um instante colado à parede, estupefato. Aos poucos foi enxergando o túmulo sobre o qual jazia o pai. Acima, iluminado pela tocha, delineava-se agora o rosto de outro homem.

— Tsongor esperava por ti, Suba.

Reconheceu na hora aquela voz, como se a tivesse ouvido pela última vez na véspera. Aquele homem era Katabolonga, o portador da banqueta de ouro do pai. Ali estava o fiel servidor do rei, tão descarnado quanto uma vaca sagrada, com as faces fundas e uma barba imensa a devorar-lhe ainda mais o rosto. Apesar do aspecto sujo, mantinha-se ereto, exibindo toda a estatura de rastejante. Alimentara-se, durante todos aqueles anos, dos macacos que se aventuraram até o porão. Nunca saíra da cabeceira do morto. Uma profunda alegria tomou conta de Suba. Restava um homem: um homem que conhecia o mundo onde ele nascera, que se lembrava de seus irmãos, que sabia como era bonita sua irmã e o que significavam as fontes de Massaba para seus antigos habitantes. Restava-lhe isso. Ali, em meio a ossos de macaco roídos e à escuridão, restava um homem que esperara por ele e sabia seu nome.

Cumpriram juntos a promessa feita a Tsongor. Com cuidado, transportaram o cadáver do rei para fora. Construíram uma padiola de madeira e atrelaram-na ao velho burro. E Suba ganhou de novo a estrada.

Saíam definitivamente da cidade majestosa de outros tempos, abandonando-a aos liquens e aos macacos. Andavam cada um de um lado do burro, sem falar. Ambos vigiavam o corpo de Tsongor. De repente, quando chegaram ao alto da colina, ouviram o grande coro queixoso dos macacos uivantes, como última saudação da cidade. Ou como riso sarcástico do destino que proclamava vitória num país de silêncio.

SUBA LEVOU o cadáver do pai para as montanhas roxas do norte. Durante a viagem, Katabolonga contou-lhe o que sucedera em Massaba: a morte de Liboko, o desaparecimento de Samília, a inexorável destruição da cidade. Suba não fazia nenhuma pergunta, não tinha forças, apenas chorava. O rastejante interrompia o relato. Depois que as lágrimas secavam, retomava. Pela voz do velho servidor, Suba viveu a agonia de Massaba e dos seus.

Uma vez nas montanhas roxas, foram abrindo caminho através dos estreitos desfiladeiros de pedra. Katabolonga observava esse labirinto rochoso, esses corredores acidentados onde o sol mal penetrava, como se olhasse um lugar santo. Na alta dimensão dos rochedos havia algo de eternidade suspensa. Os únicos habitantes da região eram cabras selvagens e grandes lagartos que deslizavam pela rocha.

Depois de uma hora de marcha no desfiladeiro, chegaram ao mausoléu. A magnífica fachada do palácio apresentava-se a eles, escavada na pedra ocre. Parecia a porta sigilosa para o coração da montanha.

Instalaram o ilustre cadáver de Tsongor na última sala do palácio. Suba ajeitou a túnica real do morto, com gestos atenciosos de filho. Permaneceu imóvel um tempo, com a mão pousada no peito do pai, concentrado. Chamava o espírito de Tsongor. Quando sentiu sua presença, disse ao ouvido do morto a frase guardada na memória por tantos anos:

— Sou eu, pai, teu filho Suba. Estou aqui a teu lado. Escuta minha voz. Estou vivo. Descansa em paz. Tudo se fez segundo tua vontade.

E beijou a testa de Tsongor. O rei morto sorriu. Ouvia a voz do filho. Pelo tom maduro e mais grave, compreendia que o tempo passara e, apesar da guerra e dos massacres, ao menos uma coisa acontecera de acordo com seu desejo: Suba vivia. E cumprira a palavra. Era a hora de Tsongor partir. Katabolonga aproximou-se e, de dentro de uma das caixinhas de acaju presas ao colar que usava no pescoço, tirou a velha moeda de Tsongor. Sem dizer nada, colocou-a com cuidado entre os dentes do morto. Tudo estava terminado. No fim, Tsongor morria tendo como único tesouro a moeda que levara consigo na véspera de uma vida de conquistas. E assim se encerrava a lenta agonia do rei Tsongor. O velho soberano sorriu com tristeza. Com os olhos fixos no filho e no velho amigo, sorriu e morreu pela segunda vez.

Suba ficou um bom tempo ao lado do cadáver. Ainda tinha em mente a última expressão do pai, um sorriso triste e distante que nunca vira antes no rosto do rei. Para Tsongor, não haveria alívio, percebia. O filho retornara, o amigo devolvera-lhe a moeda, mas Tsongor morria pensando em Samília. E essa lembrança afligia-o até na morte.

Suba levantou a pesada laje de mármore e fechou o túmulo. Tudo estava terminado. Cumprira a missão. Katabolonga então olhou para ele e disse em tom benévolo e afetuoso:

— Agora vai, Suba, vive a vida que te espera e nada temas. Ficarei ao lado de Tsongor. Não sairei daqui.

E antes que Suba pudesse responder, o rastejante de rosto encovado abraçou-o. Em seguida fez sinal que partisse. Não havia mais nada a dizer. O príncipe virou as costas e foi andando em direção à porta do mausoléu. Katabolonga acompanhava Suba com o olhar e recitava baixinho orações recomendando-o à vida, quando sentiu a chegada da morte.

"Pronto", pensou, "agora é minha vez. Sou a última criatura do velho mundo. O tempo do rei Tsongor e de Massaba passou. Meu tempo de vida também. Fico por aqui".

Agachou-se diante do túmulo, como um guardião prestes a saltar. Com uma das mãos, segurava o cabo do punhal; com a outra, a banqueta de ouro. E assim morreu. O corpo enrijeceu nessa posição, e Katabolonga ali ficou para sempre. Como uma estátua vigilante a defender o túmulo de intrusos, ali permaneceu, de cabeça erguida, altivo, fitando perpetuamente a porta do palácio, com o mesmo olhar que viu Suba ir embora.

O filho do rei Tsongor saiu das vastas salas escavadas na rocha, voltou à luz do dia e montou em seu eterno burro. Refez, em sentido inverso, o percurso através do rochedo. Durante toda a viagem, perguntava-se a mesma coisa. Por que o pai lhe confiara tal tarefa, condenando-o ao exílio e à solidão? Por que o forçara a ficar longe dos seus e sem notícias de Massaba? Por que escolhera a ele, Suba, o mais moço de todos? Justo ele que sonhava com uma vida tão diferente daquela. Ele que, tantas vezes, quisera desistir da construção dos mausoléus para socorrer Massaba. Essas perguntas angustiavam o príncipe havia anos. Suba envelhecera e acabou vendo naquela tarefa a maldição que o banira do mundo e da vida. Mas, naquele instante, compreendeu bruscamente que o pai a tudo entrevira durante sua longa noite insone no terraço de Massaba. Pressentira a terrível guerra em preparação, o sangrento cerco a Massaba e os infinitos massacres por vir. O mundo iria vacilar, sentira. Tudo desapareceria. Não restaria nada, e ninguém poderia parar o vendaval que tudo arrastaria. Então mandara chamar Suba e condenara-o a anos de errância e trabalhos. Assim manteria o filho afastado daquela onívora desdita por tempo suficiente. Assim restaria ao menos um homem. E estava certo. Restava um: o último sobrevivente do clã Tsongor.

Suba cumprira a promessa feita, mas o sorriso triste de Tsongor obsedava-o. Restava Samília, a esquecida por todos, a irmã a quem a vida tudo negara. Pensou em sair à procura dela, mas conhecia a vastidão do reino e sabia que jamais a encontraria. Seria uma busca vã. Refletiu longamente na sela do burro, até alcançar o último desfiladeiro das montanhas roxas. Aí levantou a cabeça e olhou a paisagem em volta. As montanhas estavam a suas costas; diante dele, a infinitude do reino. Era o último de um mundo extinto, um homem maduro cuja vida ainda não começara. Ainda tinha muito o que viver. Sorriu. Agora sabia o que devia fazer: construiria um palácio. Até então, obedecera ao pai e erigira mausoléus, um após o outro. Agora só pensava na irmã. Para ela construiria o palácio: o palácio de Samília, um edifício sobriamente grandioso, a coroação de seus trabalhos. Tentaria igualar a beleza da irmã. O palácio revelaria ao mesmo tempo o fausto de sua vida e o desperdício daquela existência de sucessivas perdas e prolongado infortúnio. Faltava-lhe realizar essa tarefa. Nos mausoléus de Tsongor ninguém nunca entraria. Tinha-os selado um por um: neles só reinariam o silêncio e a morte. O palácio de Samília permaneceria aberto. Ali viajantes achariam abrigo. Homens viriam de toda parte descansar num refúgio digno de príncipes. Mulheres ali depositariam oferendas em homenagem à filha de Tsongor. Seria um palácio aberto aos ventos do mundo, povoado de ruídos e rumores como um albergue. Construiria o palácio e talvez um dia Samília ouvisse falar desse local com seu nome. A única esperança de Suba é que, tendo notícia do lugar, ela viesse até ele. Construiria o palácio para chamar a irmã. Pouco importava se ela já estivesse longe demais, fora dos limites do mundo, se ela não voltasse nunca. O palácio estaria ali, para contar a todos o erro dos Tsongor, honrar a lembrança de Samília e oferecer hospitalidade a suas irmãs errantes.

EQUIPE DE PRODUÇÃO
Leila Name
Izabel Aleixo
Daniele Cajueiro
Ana Carolina Merabet
Diogo Henriques
Lian Wu
Ligia Barreto Gonçalves
Rachel Agavino
Rodrigo Peixoto

REVISÃO DE TRADUÇÃO
Janaína Senna

REVISÃO
Cláudia Ajúz

DIAGRAMAÇÃO
Abreu's System

Este livro foi impresso em São Paulo, em março de 2004, pela Lis Gráfica e Editora, para a Editora Nova Fronteira.

O papel do miolo é Chamois Fine Dunas 70g/m², e o da capa é cartão 250g/m².

Visite nosso *site*: www.novafronteira.com.br